U0106866

陸一飛——主編

文明的心光

一萬個太陽畫集

商務印書館

Edited by Lu Yifei

THE STARSHINE OF CIVILIZATION

Paintings of Ten Thousand Suns

THE COMMERCIAL PRESS

序 言 一

拔萃資本董事長
孫新榮
Chairman of BC Capital
Sun Xinrong

非常榮幸，拔萃資本作為一家踐行慈善理念的金融機構，能夠和「一萬個太陽」公益項目攜手合作，一同來關注弱勢群體。我們深信，匯聚個體潛在的光芒，終將照亮未來。

「一萬個太陽」項目不只是藝術的展示，更是一個心靈成長的平臺。在這裏，我們不只是提供給自閉症兒童一支畫筆，更希望能開啟一條通往自我探索和社會理解的道路。這些孩子們眼中的世界，獨特而豐富。他們可以通過畫筆，來傾訴他們豐富的情感；更可以通過畫筆，來發掘他們的潛能。畫筆讓他們成為了一個個獨特的星光。

自閉症兒童往往對世界的感受與眾不同，他們面對的挑戰更多在情感表達和社交互動。通過「一萬個太陽」的策劃，當孩子們與古代藝術進行交匯，他們不但可以感知歷史，更可以回應當下；不但可以提升自我信念，更可以反哺社會。

在這個與孩子們共同成長的過程中，最重要的是用心聆聽，用心感受，感知彼此間的愛意，並傳遞這份愛意，當愛流動起來，相信每一個孩子都能成為更有能量的個體，一個善與美的正循環，也能就此建立。

一路走來，風雨兼程，拔萃資本不忘初心，連續七年參與國際助殘機構的慈善晚宴，並捐贈善款，資助被遺棄的殘疾兒童。走過十年的拔萃，在下一個十年，也將由一位慈善參與者，蛻變為慈善發起者，拔萃慈善基金會將承擔起這一使命：繼續關懷和支持弱勢群體，為弱勢人群無償提供服務、物資和善款資助，繼續履行社會責任，持續構建真、善、美的社會生態。

扶助弱勢群體、促進社會融合，拔萃一直在路上。我們也誠摯的邀請您，一同見證和支持這一光輝的旅程，共同創造一個更加多元和包容的明天。

序 言 二

「一萬個太陽」發起人
陸一飛
Initiator of
'Ten Thousand Suns'
Lu Yifei

捧一束光，捧起的光是心性之源：光明、爛漫和自由。探索、研究、重構、弘揚這種磅礡而正大的力量，古為今用，與古為新，讓「中國靈魂」傳真，成了對古老文明重新解構的時代課題。

天性之美源自人心。

「文明的心光」一萬個太陽心性藝術工程，溯源中國上古文明的文化軌跡，良渚文明、三星堆、漢畫像、山海經、敦煌壁畫、阿克蘇克孜爾壁畫等中華文明瑰寶的審美為研究和創作方向，並以全國自閉症學生為重要創作隊伍，探索並以繪畫藝術的方式展開。

中華古國文明的遺傳密碼，和這羣心窗未被關閉的天使息息相通，古老而神秘的文明正和這些孩子們的純淨天性如出一轍，天真而無拘無束地展現在他們的筆下。

心性的舒展是浪漫主義和創造力的源泉，有了心性的藝術才有了靈魂。

而整部中國繪畫史，心性藝術一直存在卻一直被隱藏着，中國繪畫史幾乎成了一部繪畫技術史。

心靈的藝術和技術的藝術成了中國藝術的分水嶺。

藝術點亮心燈，公益完善你我。希望社會各界的合力，將心注入，「藝術＋公益」的同時，期待對當代審美、當代美育的進一步探索，共建山花爛漫、人心可以安放的理想國，這是何等的美好……

畫是心的花，寫意而浪漫的心性之花正在綻放……

心光燦爛，耀古耀今。前行的路上，覺得先民們在默默注視着我們，祝福着我們。

序言三

拔萃慈善基金會會長

曾瀞漪

President of BC
Philanthropic Foundation

Zeng Jingyi

最初聽到拔萃資本創辦人孫新榮和朱雪瓊夫婦提起「一萬個太陽」公益項目，那時我還沒有見過孩子們的繪畫作品。但他們眼中閃現的光芒，給我留下深刻印象。他們決定把醞釀多年的想法付諸行動，創立慈善基金，為自閉症孩子多做點事情，希望我也一起參與，對他們的發願，我心有戚戚。

我參加過很多慈善活動，記憶最深的是，十多年前，曾經和香港慈善家朋友一同去寧夏助學高中生，扶助他們踏上大學之路。那時的經驗讓我學習到，實踐愛心與善舉，除了需要時間、精力與物力，更重要的是要清楚知道他們需甚麼樣的幫助，以及如何去幫助。

拔萃資本持久參與公益慈善活動，去年我參加他們有份贊助的國際助殘機構慈善晚宴，來自中國香港和內地、新加坡以及歐美的各界人士匯聚在一起，幫助內地兒童，讓我親身感受到他們扶助社會的熱忱之火。

在自閉症兒童的繪畫中，我們看到每個孩子都是獨特的，如果他們獲得一定的機會揮灑自我，綻放的心性一定可以讓大家看見精彩的心靈。如果弱勢群體獲得足夠的關懷與支持，他們將逐步自足自立，成為社會多元繽紛的一份子。

拔萃資本今年邁入第十一年，已經發展成為跨地域的金融機構，深明企業使命和社會責任。發起成立拔萃慈善基金會，將致力於關懷和資助弱勢群體，結合各方力量，連接內地和香港，連接國際合作，讓慈善之光照進自閉症兒童心中，讓弱勢群體的孩子和家庭獲得更多支持。

感謝拔萃資本邀我參與，很榮幸在拔萃慈善基金會擔任會長。慈善的道路，付出就是學習，就是收穫，歡迎朋友們加入我們的行列。

……

Chapter 1

第一章

遨遊山海經

Traveling through
the Classic of Mountains and Seas

古版《山海經》插畫

Illustrations from ancient version of *The Classic of Mountains and Seas*

《山海經》成書於戰國時期至漢代初期，與《易經》《黃帝內經》並稱為上古三大奇書。

《山海經》包含關於上古地理、歷史、神話、天文、動物、植物、醫學、宗教以及人類學、民族學、海洋學和科技史等方面的諸多內容，是一部上古社會生活的百科全書。

《山海經》展示的是遠古的文化，記錄的是大荒時期的生活狀況與人們的思想活動，勾勒出上古時期的文明與文化狀態，為後世提供許多有用的資訊。

THE CLASSIC OF MOUNTAINS AND SEAS

《山海經》

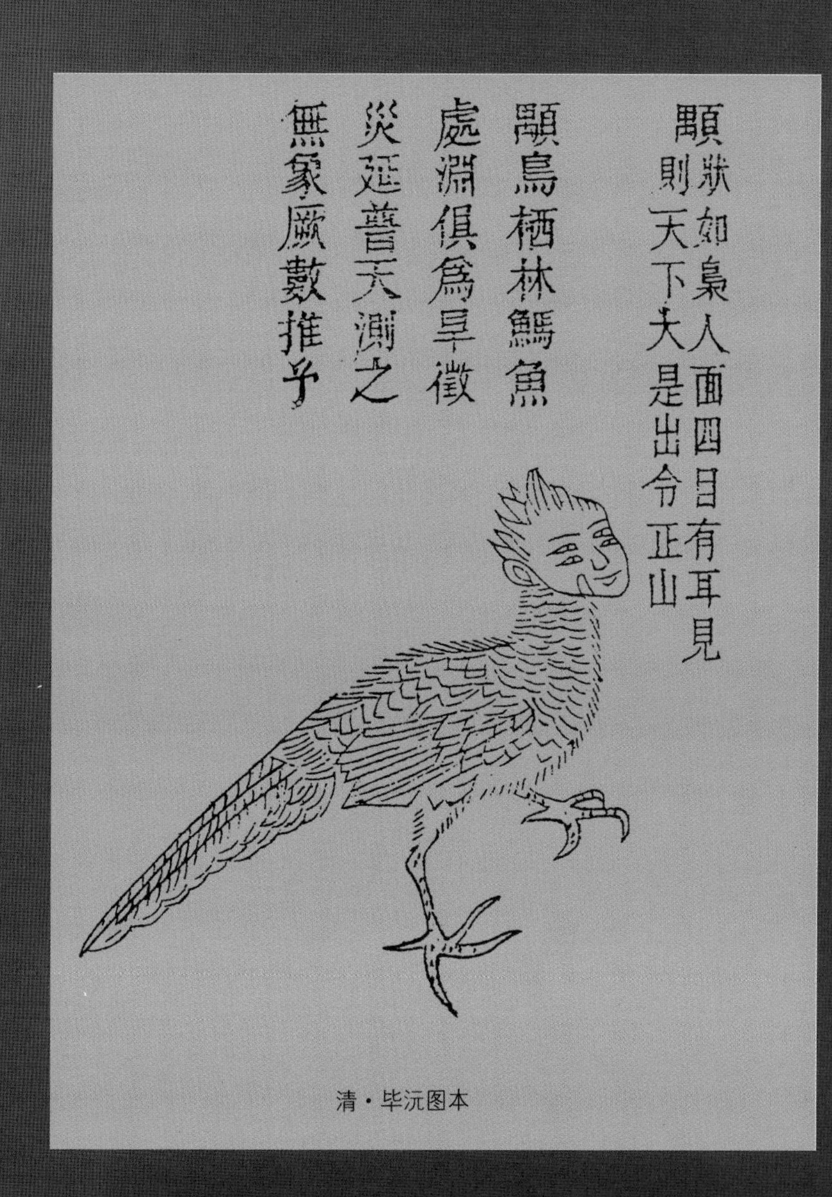

清・毕沅图本

這裏有神仙
THERE ARE FAIRIES

陸一飛 / Lu Yifei

張淑琴 /Zhang Shuqin

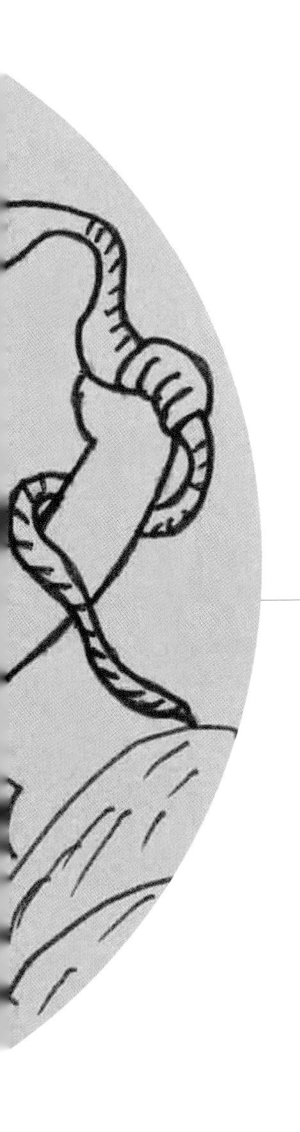

《山海經》相傳是中國先秦重要的古籍，也是一部富於神話傳說的最古老奇書。這部充滿神奇色彩的着作，無奇不有，無所不包，是一部全方位的古代百科全書。

自閉症孩子的繪畫，正因為他們的生理特徵，內心未被污染的原生態狀況，保持着寶貴的單純世界，保持着自由之心和自由的靈魂，他們的筆下才可能出現這麼自由爛漫的藝術世界，他們畫畫是不受理性和思維障礙……

他們的畫筆上長了心性的翅膀。

他們個個都是畢卡索。

所以這些孩子，拿起筆就能畫，一畫便是自由流淌，物象萬千，他們筆下的奇異和生拙，隨處彌漫着自性的光芒，他們的畫筆幾乎可以觸到人心最柔軟的那個部分。

這是藝術最為可貴的原生態叢林，鮮活、質樸和生發，蘊育了一切藝術的可能和一切藝術的希望。以古代《山海經》文化和自閉症學生的心畫，共同演繹着「神仙文化 」;《山海經》、自閉症孩子們的畫，都成了啟發人心的鑰匙……

打開這扇眾善之門，則需要全社會的溫暖和力量。

「神仙 」也只會在這樣神奇的地界出沒，才會「這裏有神仙 」……

古版《山海經》插畫

Illustrations from ancient version of
The Classic of Mountains and Seas

王燕萍 / Wang Yanping

伊斯曼音樂學院（美國）學生

黃思成 / Huang Sicheng

蘇子健 / Su Zijian

《山海經》裏潔白而靈動的鹿蜀、千古壁畫上神秘又莊嚴的神像、古書中自由翱翔的奇獸……

畫布上，大膽的配色與隨性的筆觸勾勒出磊落、自由、浪漫的意境，讓上古文明跨越千年時空「走進」現場，與大家來了一場特殊的隔空「對話」。

「我們用自己的方式畫出了畫作本身的情緒和能量，在這個人與畫融合的空間裏，小朋友沒有雜念，我也變得沒有雜念，這讓人與人、人與美之間的連接更加直接與緊密，也讓我想起了小時候作畫時的簡單與純真。」

「在我看來，藝術領域裏有兩類人可以成就完美的作品，一類是純真的孩子，一類是洗盡鉛華後的大師，因為他們都在追求內心最本真的東西——純粹和永恆的美感。」

古版《山海經》插畫

Illustrations from ancient version of *The Classic of Mountains and Seas*

古版《山海經》插畫

Illustrations from ancient version of *The Classic of Mountains and Seas*

黃一心 / Huang Yixin

古版《山海經》插畫

Illustrations from ancient version of
The Classic of Mountains and Seas

張淑琴 / Zhang Shuqin

一萬個太陽公益創作院公益教師
杭州市楊綾子學校美術老師

周月仙 / Zhou Yuexian

古版《山海經》插畫
Illustrations from ancient version of
The Classic of Mountains and Seas

「人面的獸，九頭的蛇，三腳的鳥，長着翅膀的人 ……」是「山海經」給我們最直觀的印象。在特殊孩子的畫筆下這些遠古的神獸又會怎樣熠熠生輝呢！

從阿爾塔米拉山內原始社會洞穴壁畫、內蒙古陰山巖畫到山海經的遠古文化，都是用線條勾勒出幾千、上萬年前上古時期的文明與文化狀態。和我們的特殊孩子一樣拙樸天然。

特殊孩子們和普通孩子一樣的單純樸實、善良，身上同樣會散發光和熱。而繪畫正是他們發光發熱表達自我、與世界溝通的一種方式，一座橋樑。

山海經裏的珍奇異獸、奇花異草，是上古人類留給我們的瑰寶，質樸的線條、簡潔明瞭無拘無束，十分適合特殊學生臨摹創作。 所以在孩子們的畫筆下會呈現一幅幅靈動、飽滿的上古神獸作品。孩子們筆下的神獸多一條尾巴、少一條腿、多幾隻眼睛……沒有任何的違和感，反而創造了另外一個光怪陸離的山海經世界，帶來了遠古的召喚。

每位學生的能力不同、對原作的理解也不同，自己臨摹創作的作品也不盡相同，但是每位學生都能享受到繪畫的樂趣和成功的喜悅！

劉欣芸 / Liu Xinyun

顧海倚 /Gu Haiyi

張淑琴 / Zhang Shuqin

傅壬林 / Fu Renlin

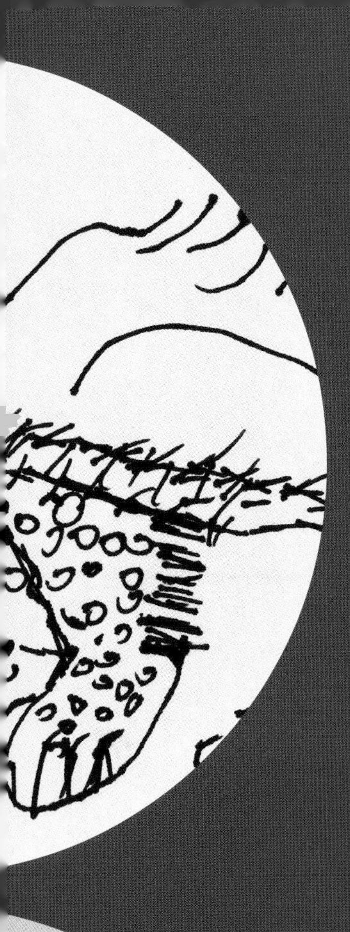

吳珂菲 / Wu Kefei

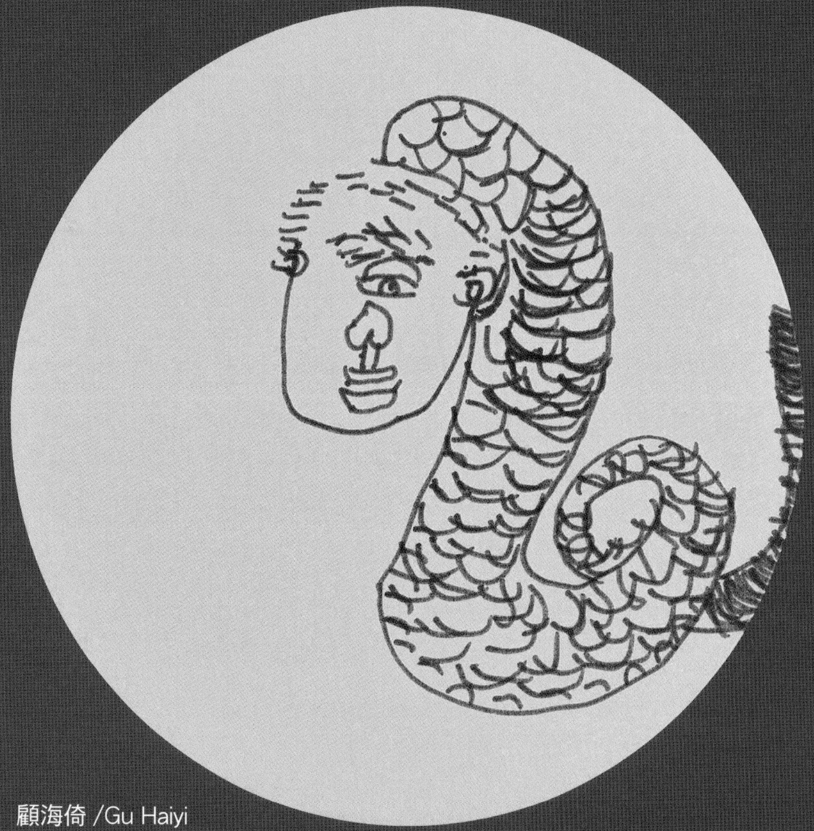

顧海倚 /Gu Haiyi

Chapter 2

第二章

遙望滿天星斗

Admiring the Boundless
Constellation of Stars

新石器時代

THE NEOLITHIC AGE

上山、良渚、仰韶、石家河文化

SHANGSHAN, LIANGZHU, YANGSHAO AND SHIJIAHE CULTURE

中國的新石器時代顯示人類社會已進入農耕文明，中國黃河流域、長江流域及東南沿海地區發現有多處新石器時代遺址。

一時，中華大地文明火花，真如滿天星斗。

——蘇秉琦 /Su Bingqi

上山文化 彩陶
Shangshan painted pottery

上山文化

SHANGSHAN CULTURE

上山文化是中國長江下游分布的一種新石器時代考古學文化，主要分布於浙江省境內的金衢盆地，年代約為公元前 8000 至 6500 年。文化得名於浦江縣發現的上山遺址，由 20 餘處遺址組成。經過考古發掘，發現相關遺址中已經出現規劃特徵和聚落結構，發現環壕、房址、灰坑、墓葬和器物坑等遺存。出土陶器以大口盆、雙耳罐、平底盤、圈足罐為主，出土石器則包含磨盤、磨棒、石球等。陶器胎體中發現過稻殼，土壤浮選中出現過炭化稻米和小穗軸，同時發現水稻植矽體，體現出明顯的馴化特徵。

上山文化 彩陶

Shangshan painted pottery

彩陶 / 陳致鑒
Painted pottery / Chen Zhijian

良渚文化

LIANGZHU CULTURE

良渚文化屬於新石器時代晚期的考古學文化，距今5300 至 4300 年。良渚文化中心地區位於杭州市餘杭區境內，良渚遺址是良渚社會的政治、經濟、宗教和文化中心。它的出土玉器無論是文化含義還是製作技藝，特別是反山墓地「琮王」所展現的良渚玉器最為經典的紋飾「神人獸面紋 」，展現出中國兩河流域農耕文明的信仰特徵。良渚遺址代表了中華文明起源階段，稻作農業的最高成就。良渚文化對其後五千年的中華文明發展擁有廣泛而深遠的影響，可實證中華文明的發展特徵——多元一體，並真實、完整地保存至今，它是人類文明發展史上具有傑出代表性的東亞地區史前大型聚落遺址。

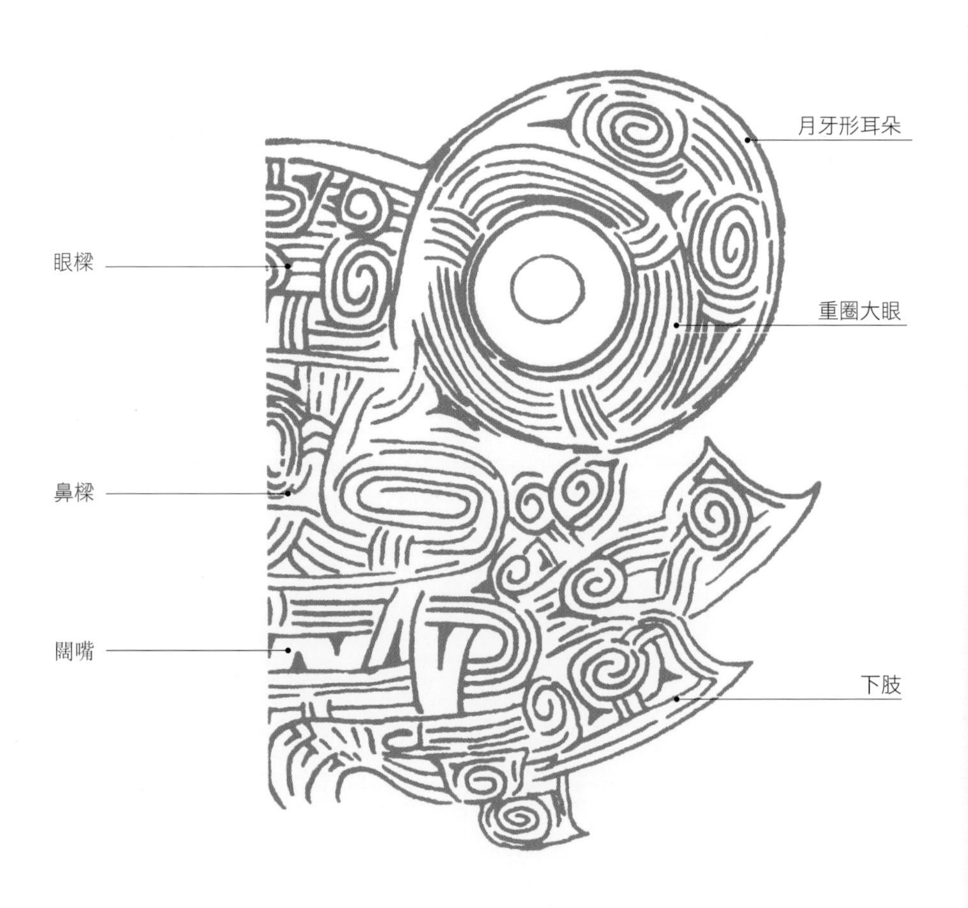

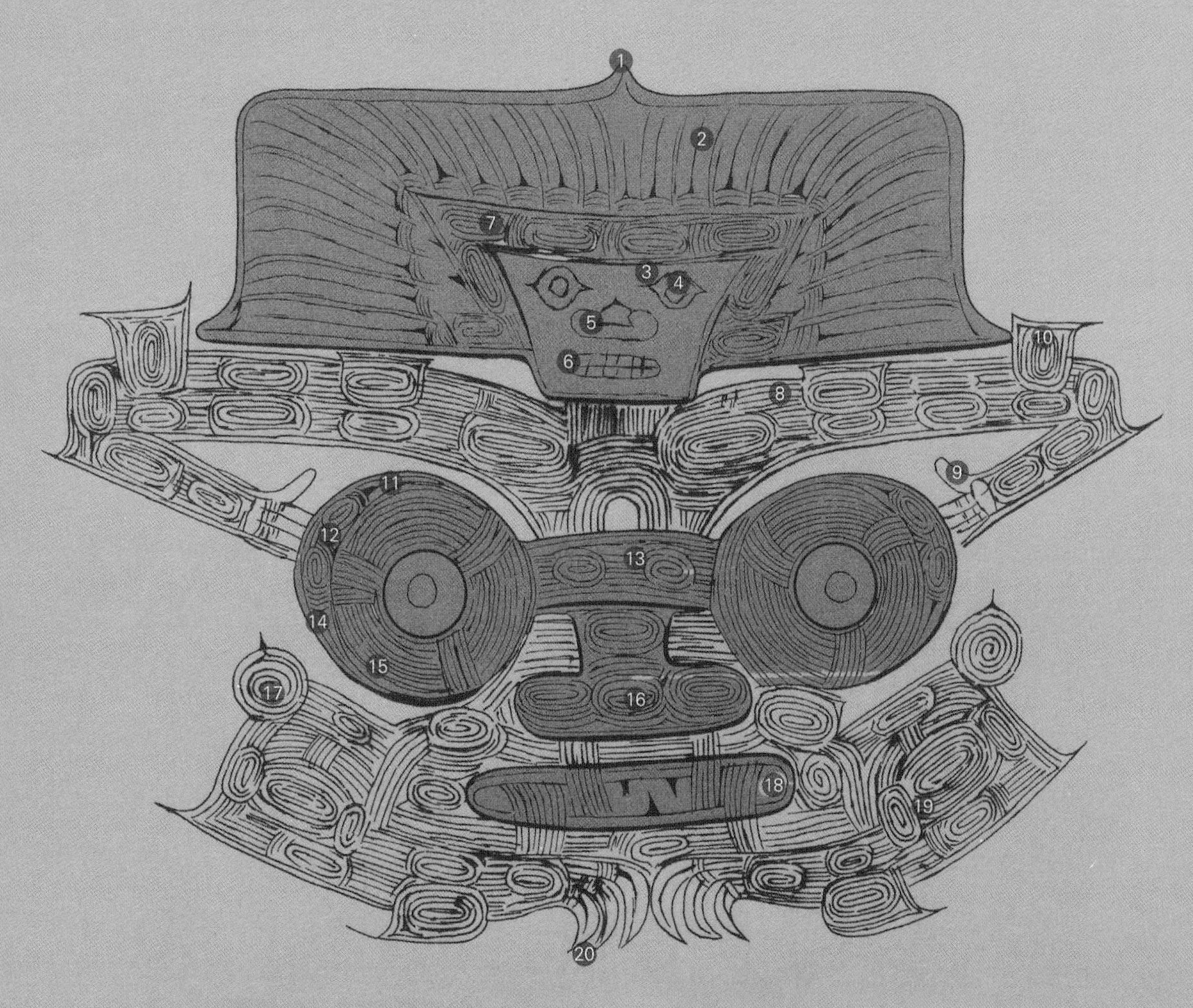

（填色區域為淺浮雕，其餘為陰線刻劃）

神人

1. 弓形的「介」字形冠冕
2. 「介」字形冠冕內放射形的羽毛
3. 倒梯形的臉框
4. 臉框內帶眼角的重圈小眼
5. 臉框內懸蒜狀的鼻和兩側的鼻翼
6. 臉框內平齊牙齒的扁圓形口
7. 臉框外緣的風字形帽
8. 延伸平舉肘部向內彎折的雙臂
9. 十指平伸姆指上翹
10. 上臂外緣的臂章狀突起

神獸

11. 橢圓形重圈大眼
12. 重圈大眼斜上側的月牙形耳朵孑遺
13. 橢圓形重圈大眼之間的眼樑
14. 重圈大眼斜上角的小尖喙
15. 重圈大眼內的線束
16. 眼樑下方的鼻樑和鼻端
17. 膝部的臂章狀突起
18. 尖銳獠牙的闊嘴
19. 膝部轉向內彎曲的雙腿
20. 鳥形的趾爪

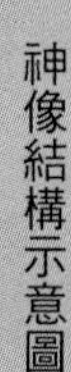

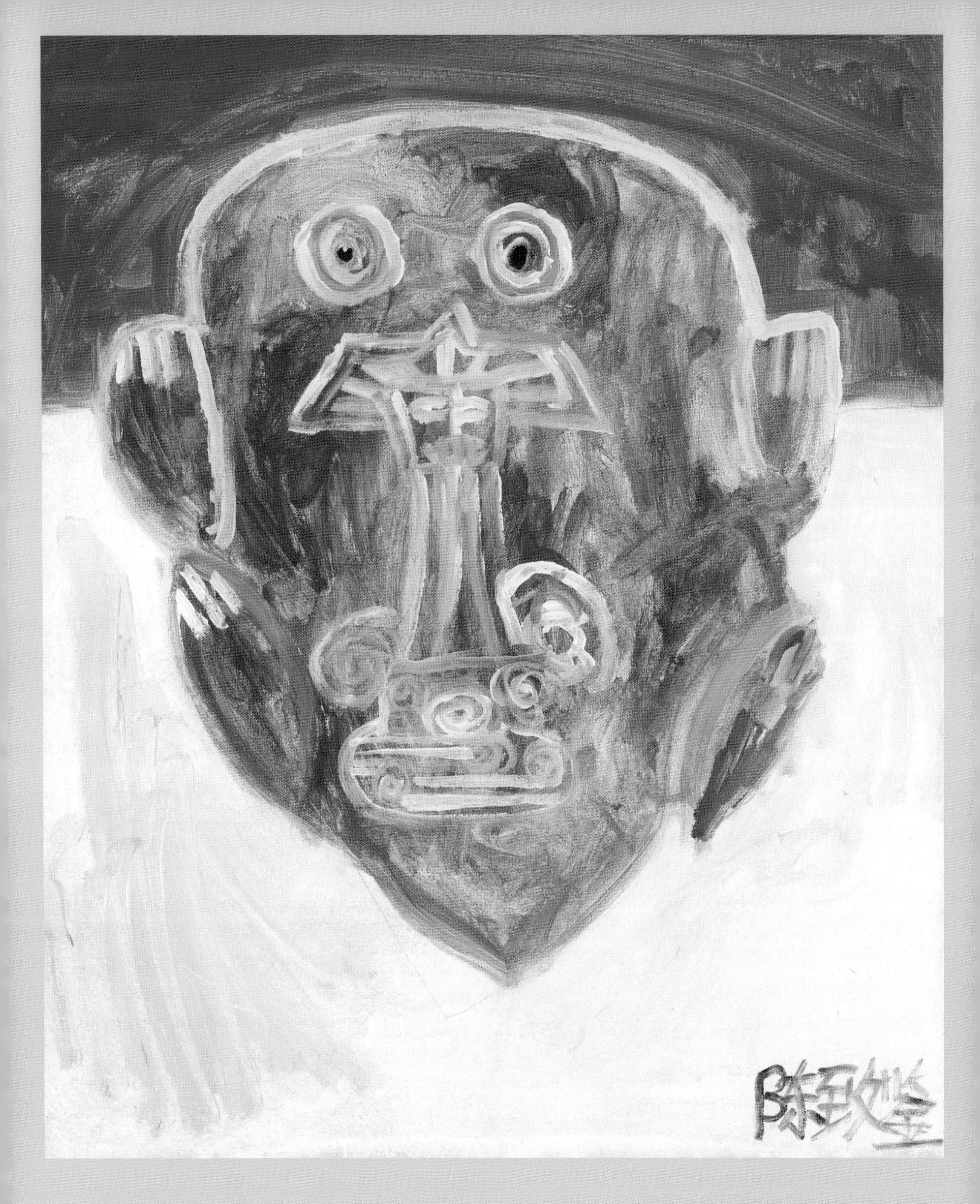

浙江大學藝術與考古學院教授、博士生導師
浙江大學藝術與考古博物館館長

劉　斌 / Liu Bin

刻在玉琮等器物上的神徽圖案，在反山發掘之前，一直被認為是一種類似於饕餮的獸面紋，反山十二號墓出土的玉琮王的豎槽中和玉鉞王上所刻的完整神徽圖案，使我們第一次瞭解到，原來被認為是獸面的紋飾，其實是一個半人半獸的神靈的形象。

他頭戴羽冠，雙手扶住兩隻大大的獸眼，扁寬的嘴巴裏，有長長的獠牙伸出嘴外，下肢是兩個彎曲的鳥爪。

良渚神人獸面紋 / 陳致鑒
Liangzhu human-and-animal mask design / Chen Zhijian

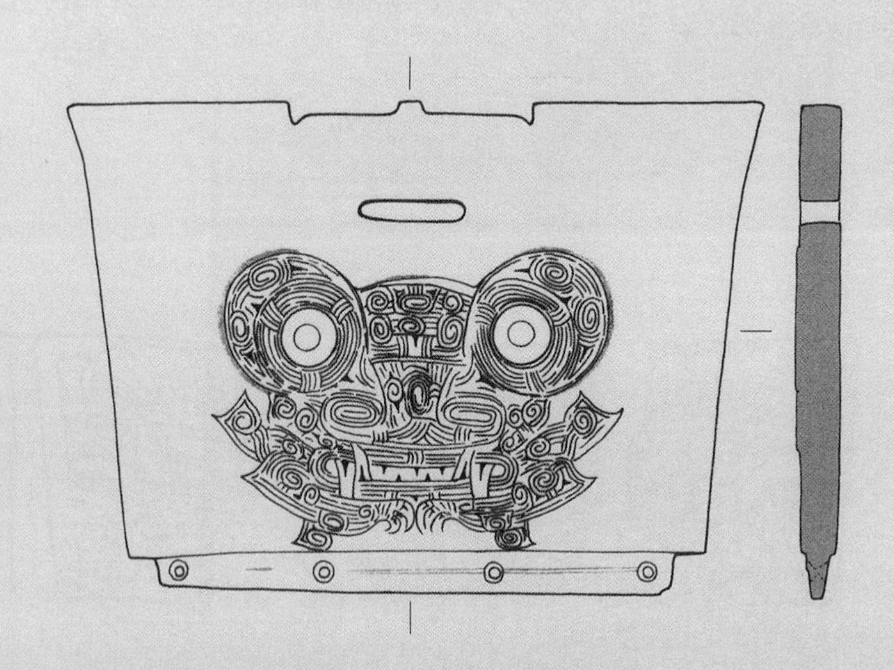

反山 M17:8 冠狀器

Fanshan M17:8 cap-shaped ritual vessels

正面雕琢神獸像眼、鼻、嘴、下肢俱全，大眼之間的眼梁為弧拱型。高 5.97 厘米。

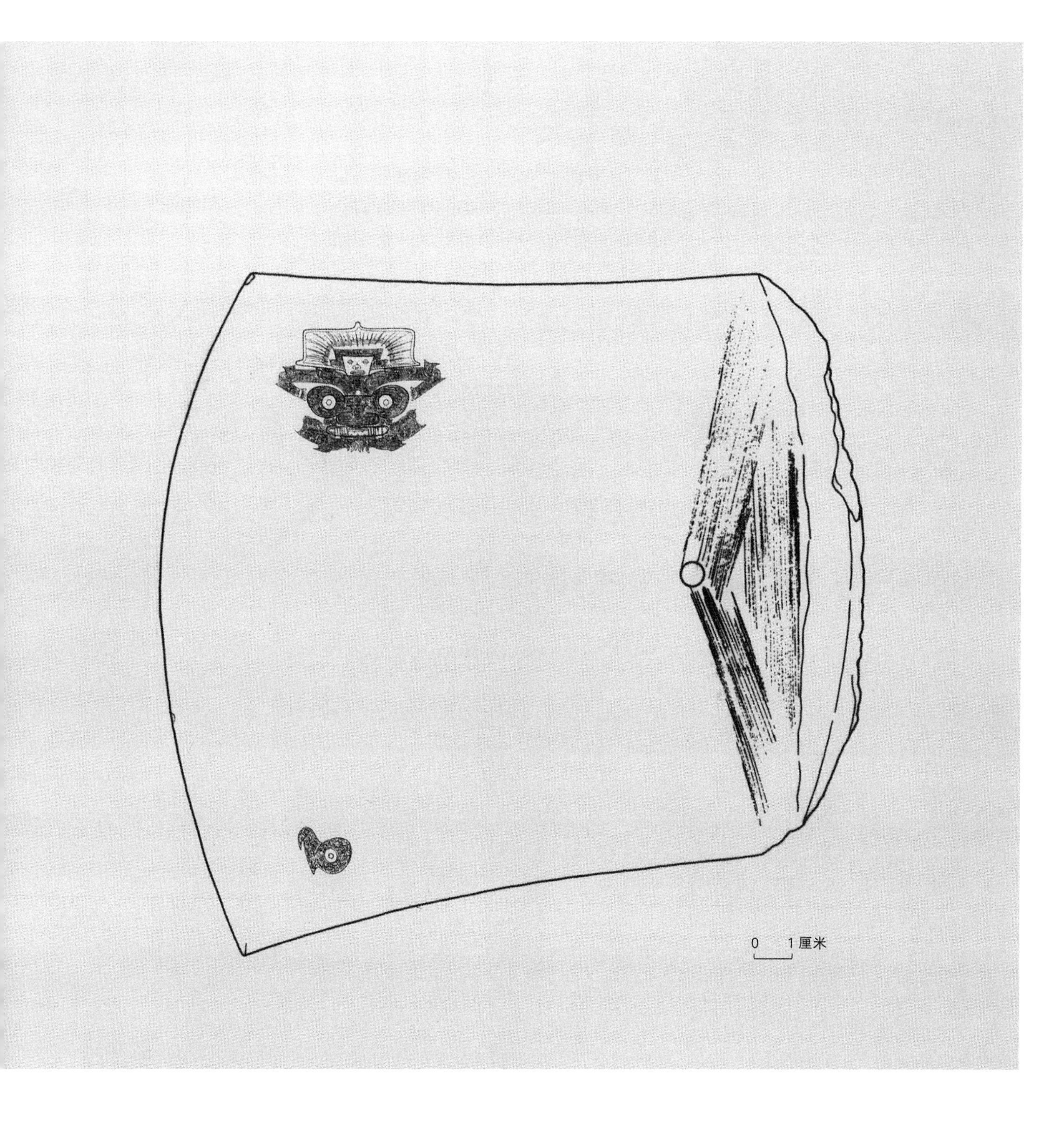

鉞本體器

Ceremonial axe
整器呈風字形，鑽孔上方保留粗糙面，鑽孔部位可見為了增加捆緊時的摩擦系數而進行的刻劃痕跡，鉞的刃角上各雕刻神像和神鳥，兩面對稱。神像大小約 3.3 x 4.3 厘米。鉞通長 17.9 厘米。

良渚神人獸面紋／陳致鑒

Liangzhu human-and-animal mask design / Chen Zhijian

良渚玉琮 / 吳博晨

Liangzhu jade cong / Wu Bochen

鳥是與人類密切相關的一種動物，鳥的上天下地的飛翔特性，令人類所嚮往。在許多的民族和文化中，都有關於鳥的神話和表現。

在良渚文明玉器的主題紋樣中，與神徽配合施刻的鳥紋，是鳥紋形象較為多見的一種形式，主要見於玉琮、冠狀飾、玉璜及三叉形器等玉器上。

與神徽相配的鳥紋，應該就是良渚人創世紀神話中神所乘之鳥。

鳥是神的載體，是神的化身的內涵。

浙江大學藝術與考古學院教授、博士生導師
浙江大學藝術與考古博物館館長

劉　斌 / Liu Bin

良渚神人獸面紋 / 施韻楠

Liangzhu human-and-animal mask design / Shi Yunnan

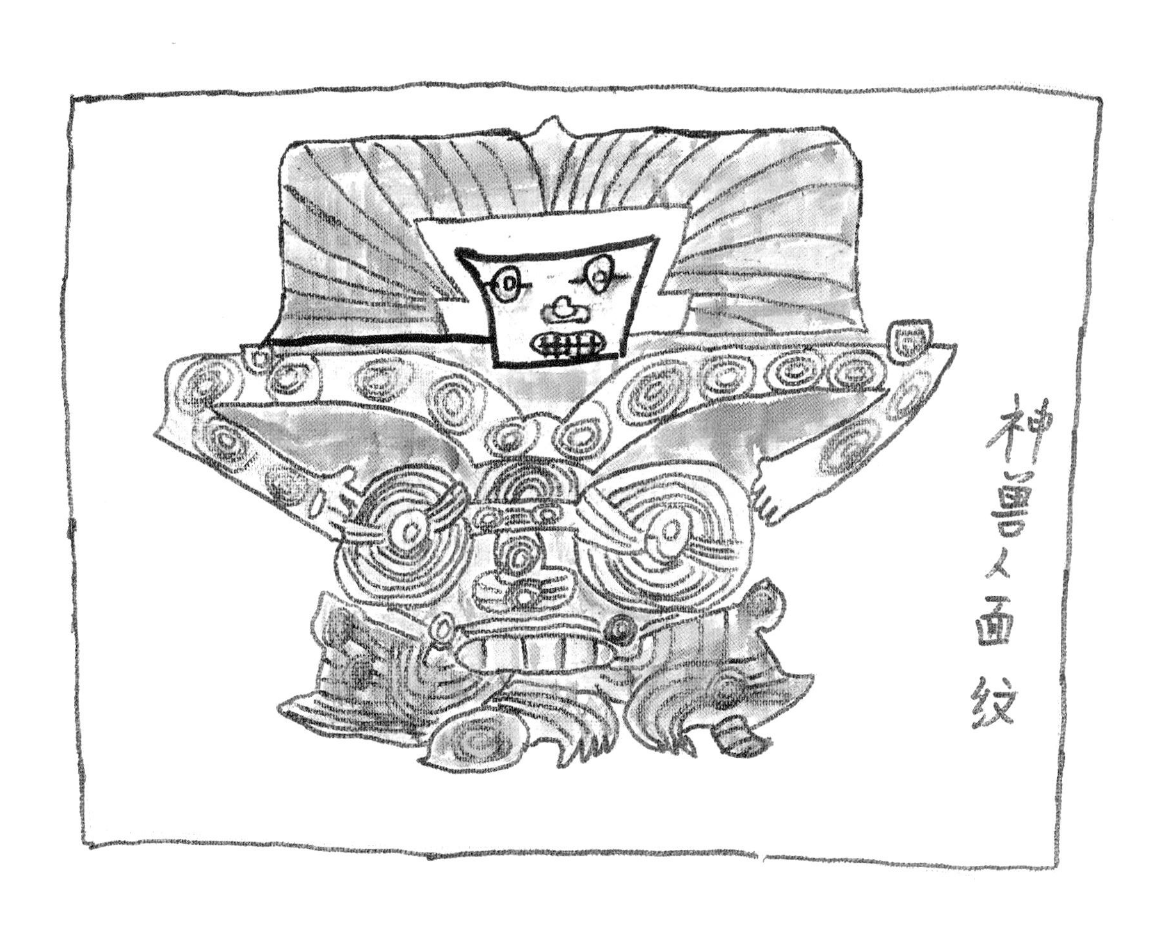

良渚神人獸面紋 / 王燕萍

Liangzhu human-and-animal mask design / Wang Yanping

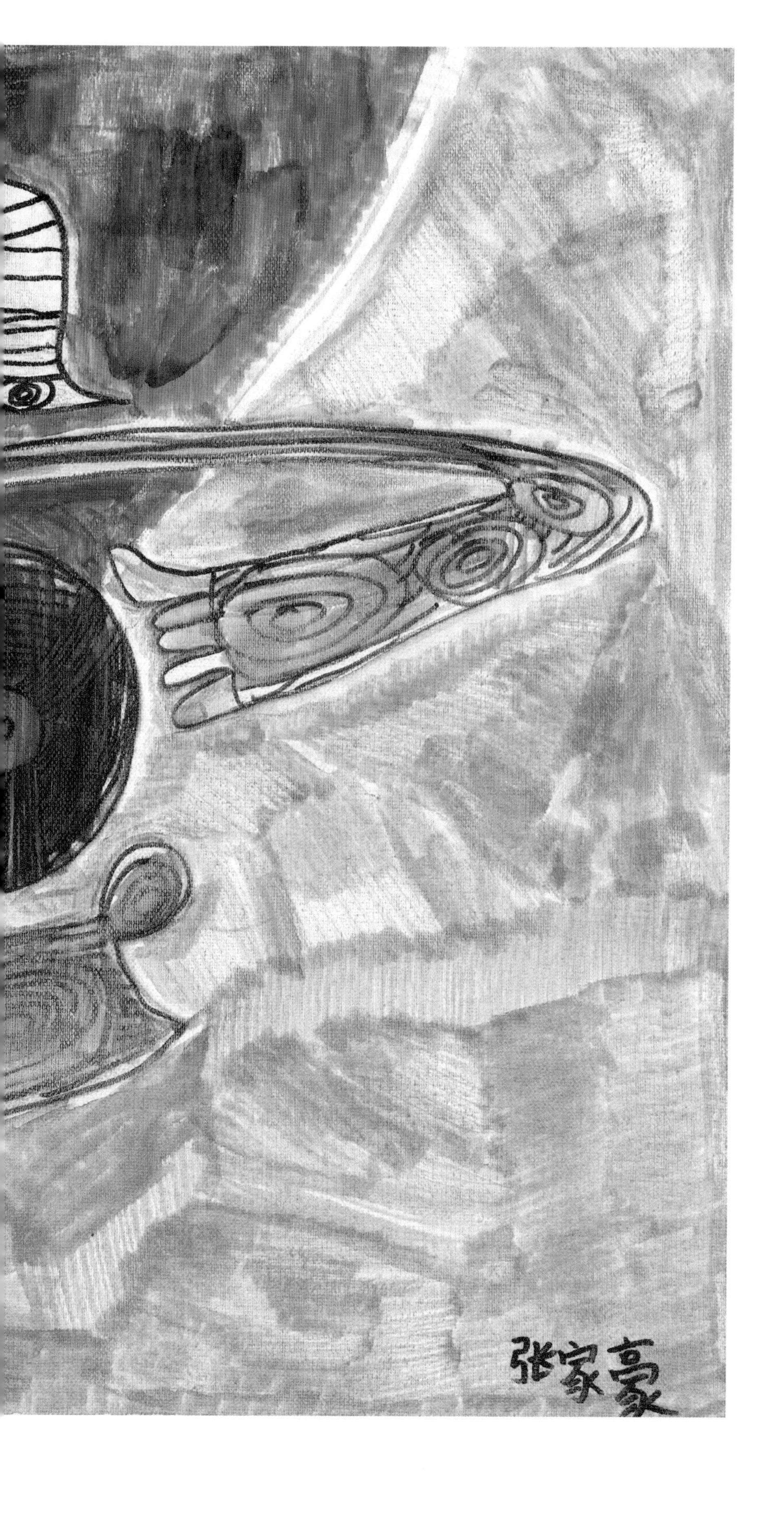

良渚神人獸面紋 / 張家豪

Liangzhu human-and-animal mask design
Zhang Jiahao

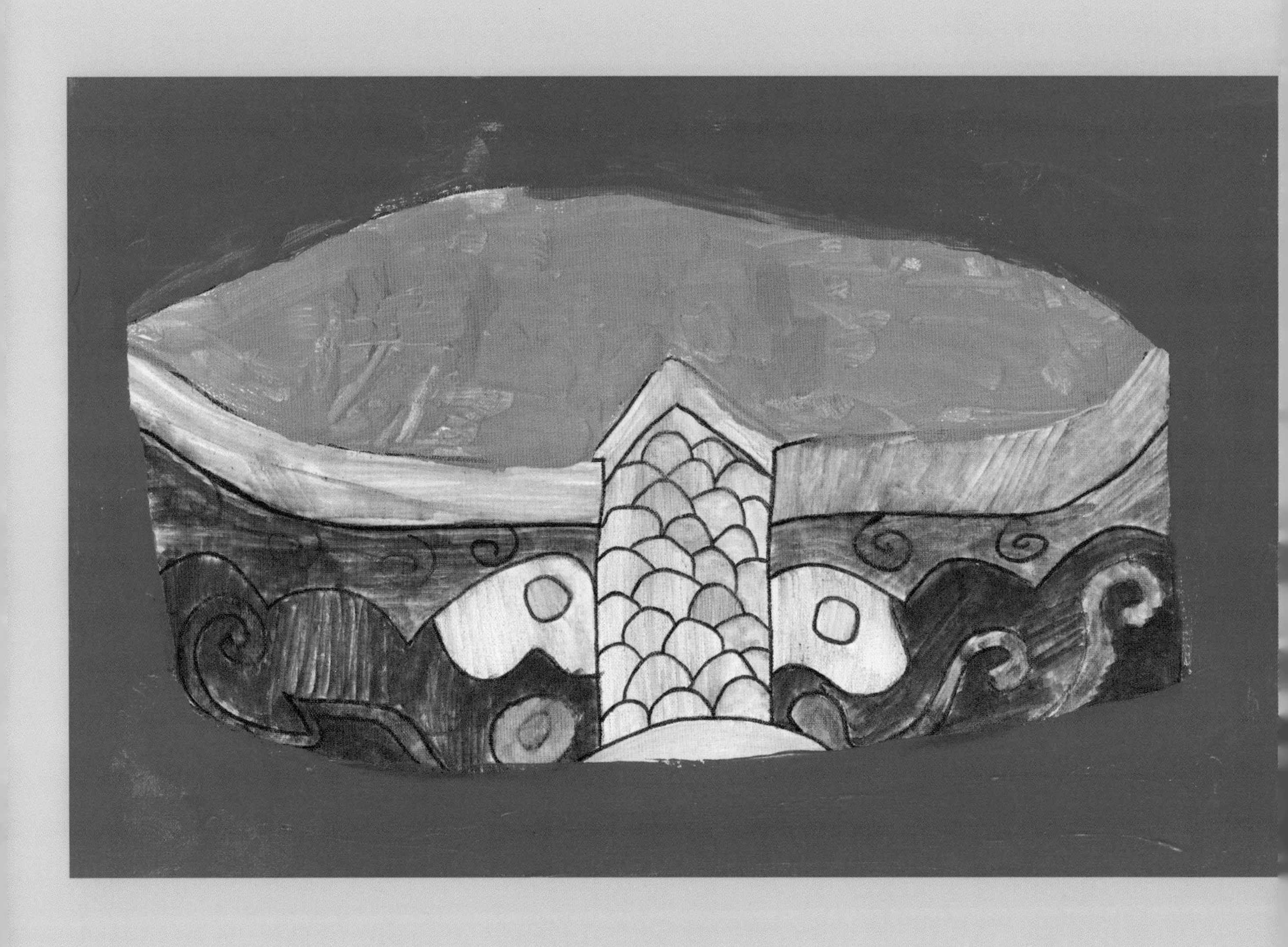

良渚玉琮 / 陳睿琪
Liangzhu jade cong / Chen Ruiqi

北京大學考古文博學院教授、博士生導師
良渚博物院、良渚研究院院長

徐天進 / Xu Tianjin

自閉症學生筆下的畫作，與上古先民的遺珍，具有相同的氣質——那是不受法度約束、不受教條限制下，人心最自由、最自在的綻放。

「折射是相互的，感謝這些孩子們，折射給我們上古的視界。」

仰韶文化
YANGSHAO CULTURE

仰韶文化是黃河中游地區重要的新石器時代中期考古學文化，分布在整個黃河中游，以關中豫西晉南地區為中心的廣大區域，年代約為公元前 5000 年至前 2700 年。仰韶文化因最早發現於河南澠池仰韶村而得名；由於遺存中多帶彩色花紋的陶器，故也曾稱「彩陶文化」。

仰韶文化／鸛魚石斧圖
Yangshao Culture / Stork, Fish and Stone Axe Design

鸛魚
Stork, Fish and Stone Axe

鑒
Zhijian

陶寺玉龍 / 陳致鑒
Taosi jade dragon / Chen Zhijian

石家河文化

SHIJIAHE CULTURE

石家河文化是新石器時代到青銅時代的古老文化，年代約為前 3000 年至前 1900 年。石家河文化因發現於湖北省天門市石家河遺址而得名。規模宏大的遺址羣多達五十餘處，石家河文化已經發現有青銅銅塊、玉器、祭祀遺蹟、類似於文字的刻劃符號和城址，表明它已經進入文明時代。

石家河文化　石家河古玉神

Shijiahe Culture / Shijiahe Chinese jade mythical figure

石家河古玉神 / 葉晨浩
Shijiahe Chinese jade mythical figure / Ye Chenhao

石家河古玉神 / 張淑琴
Shijiahe Chinese jade mythical figure / Zhang Shuqin

石家河古玉神 / 張淑琴
Shijiahe Chinese jade mythical figure / Zhang Shuqin

Chapter 3

第三章

邂逅三星堆

Encountering Sanxingdui

三星堆文物

CULTURE RELICS FROM SANXINGDUI

三星堆遺址是一處距今 4800 年至 3100 年左右（公元前 2800 年至公元前 1100 年）的古蜀文化遺址，面積達十二平方公里，是中國二十世紀重大的考古發現之一。

三星堆出土了大量珍貴文物。

其中最神奇的便是眾多青銅造像，這些青銅像鑄造精美、形態各異，在眾多的青銅人面像裏有三件著名的「千里眼、順風耳」造型，它們不僅體型龐大，而且眼球明顯突出眼眶，雙耳更是極盡誇張，長大似獸耳，大嘴亦闊至耳根，它們有的唇吻三重嘴角上翹的微笑狀。

三星堆遺址及文物的發現，有力地證明了三四千年前古蜀國的存在和中華文明起源的多元性。

三星堆人頭像
Sanxingdui bronze head

三星堆面首，在自閉症學生的筆下表達出古遠的神奇微笑。

陸一飛 / Lu Yifei

郑子航

三星堆／陳致鑒
Sanxingdui / Chen Zhijian

三星堆／陳致鑒
Sanxingdui / Chen Zhijian

三星堆 / 張家豪
Sanxingdui / Zhang Jiahao

三星堆 / 胡金城

Sanxingdui / Hu Jincheng

南京博物院前院長

徐湖平 / Xu Huping

仰望星空，才能看清來時的路，打開心門，心光才能透出。

對古老文明的探索和發現，從自閉症學生繪畫這個特別的視角切入和相互印證，值得重視和稱讚。

三星堆 / 孔家琪
Sanxingdui / Kong Jiaqi

Chapter 4

第四章

凝視漢畫

Appreciating the Art of the Han Dynasty

漢畫

HAN STONE RELIEFS

距今 2000 多年，畫像石產生於西漢，盛行於東漢。

漢代是中國畫像石與畫像磚從興起到發展的第一個高峰期，作品遺存甚豐。

漢畫像石題材廣闊，內容豐富，寓意深刻，展現了當時社會生活和物質文化的方方面面，亦會藉助鳥和一些幾何圖形來表達太陽崇拜的主題。

漢代畫像石風格質樸渾厚、簡率大氣，正如魯迅所言：「惟漢人石刻，氣魄深沉雄大。」

愛吃魚的西王母／漢拓
The Queen Mother of the West with a Fondness for Fish / Han rubbing

心光一曲說漢畫

SOULFUL BEAUTY: RUBBING OF
HAN DYNASTY STONE RELIEF

陸一飛 / Lu Yifei

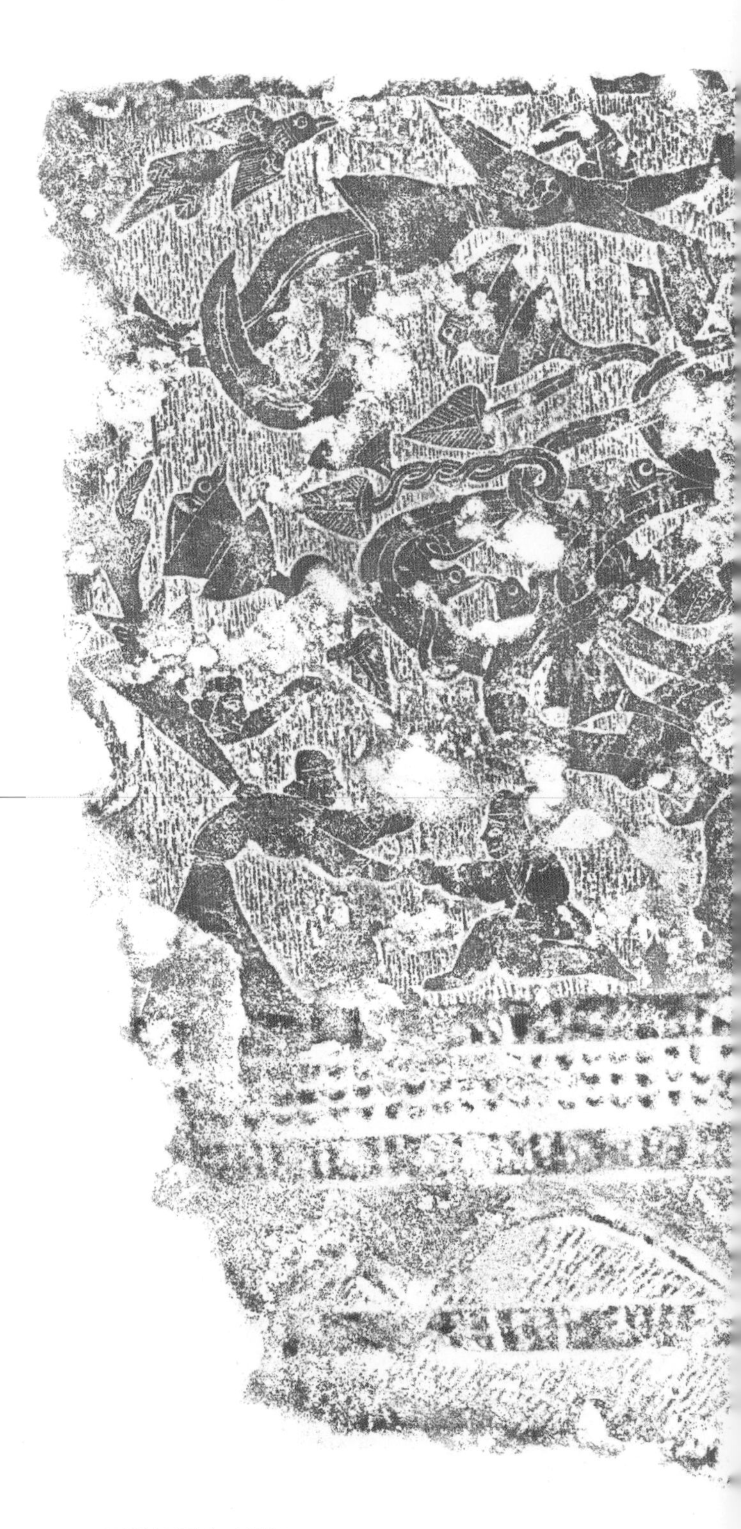

眾神的國度 / 漢拓
The Kingdom of the Gods / Han rubbing

大中華至美在漢畫。

我們說的漢畫，是指漢畫像石刻的原拓。正大沉雄是其特質，風格迥異是其流風。

這是一個曾經深埋在地下兩千年的中華文化伏藏，先人們開山鑿石，在石面上以圖譜的形式留下了天文、地理、前朝故事、人文典故和對世界的認知……

漢畫的世界，幾乎是一部中華早期文明的大百科全書。

先人要把中華文明的 DNA 以石刻的方式秘傳給我們。

漢畫記載的前朝事件和典故，幾乎可以和司馬遷《史記》一一對應，而古樸、生動、充滿天趣和浪漫的大寫意圖畫表達手法，接引兩千年後的我們回到漢朝。

心光一曲，大地在歡歌，心性之美的榮光在漢畫中跳躍，生生不息的在召喚着我們，心性之美一直在中華大地上傳唱着，從沒斷絕。

心花兒開了……

漢畫是人心的花。

漢朝的太陽鳥 / 漢拓
Sunbird of the Han Dynasty / Han rubbing

太陽鳥 / 黃太陽

Sunbird / Huang Taiyang

虎 / 漢拓
Tiger / Han rubbing

虎 / 黃太陽
Tiger / Huang Taiyang

虎 / 陳致鑒
Tiger / Chen Zhijian

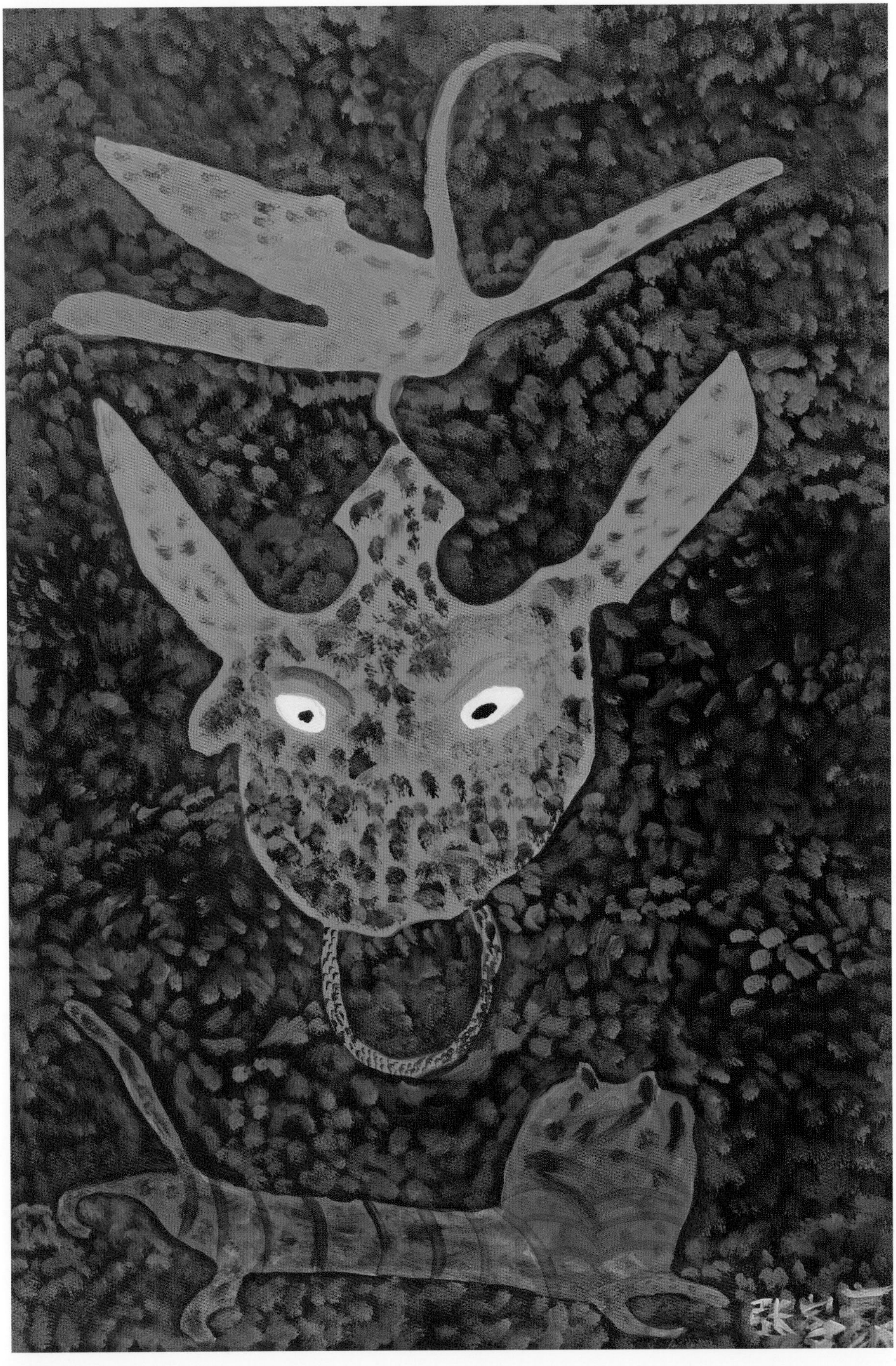

虎 / 張家豪
Tiger / Zhang Jiahao

虎 / 漢拓
Tiger / Han rubbing

南陽虎 / 漢拓
Nanyang tiger / Han rubbing

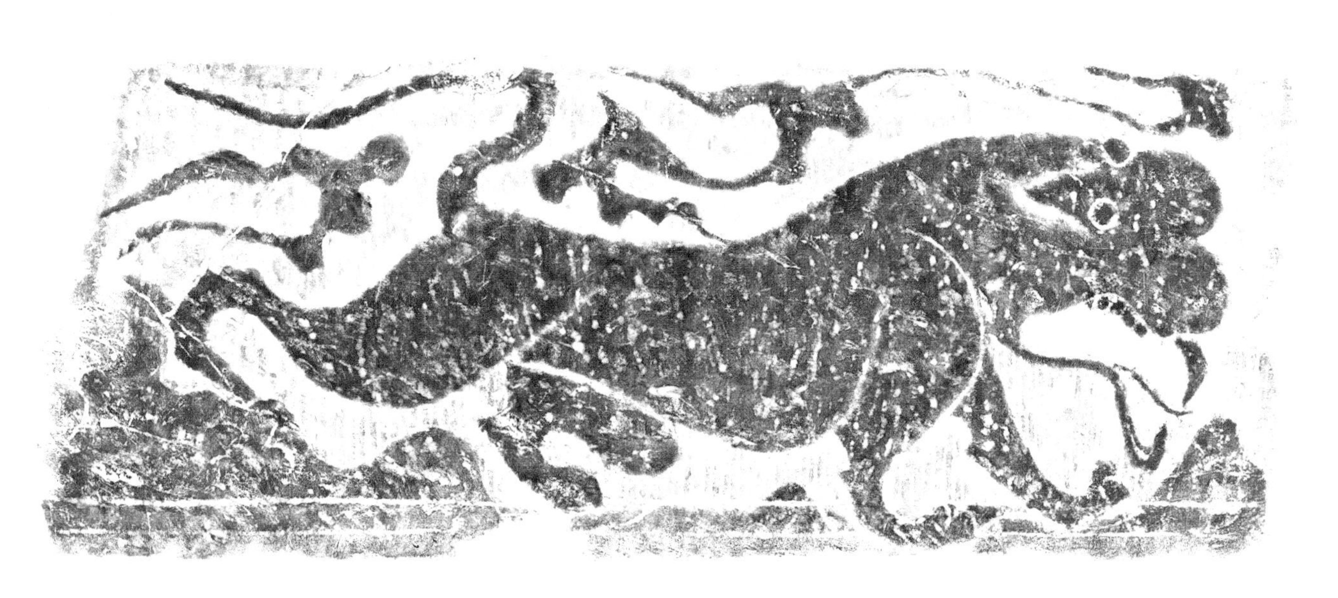

虎 / 張淑琴
Tiger / Zhang Shuqin

虎 / 劉欣芸
Tiger / Liu Xinyun

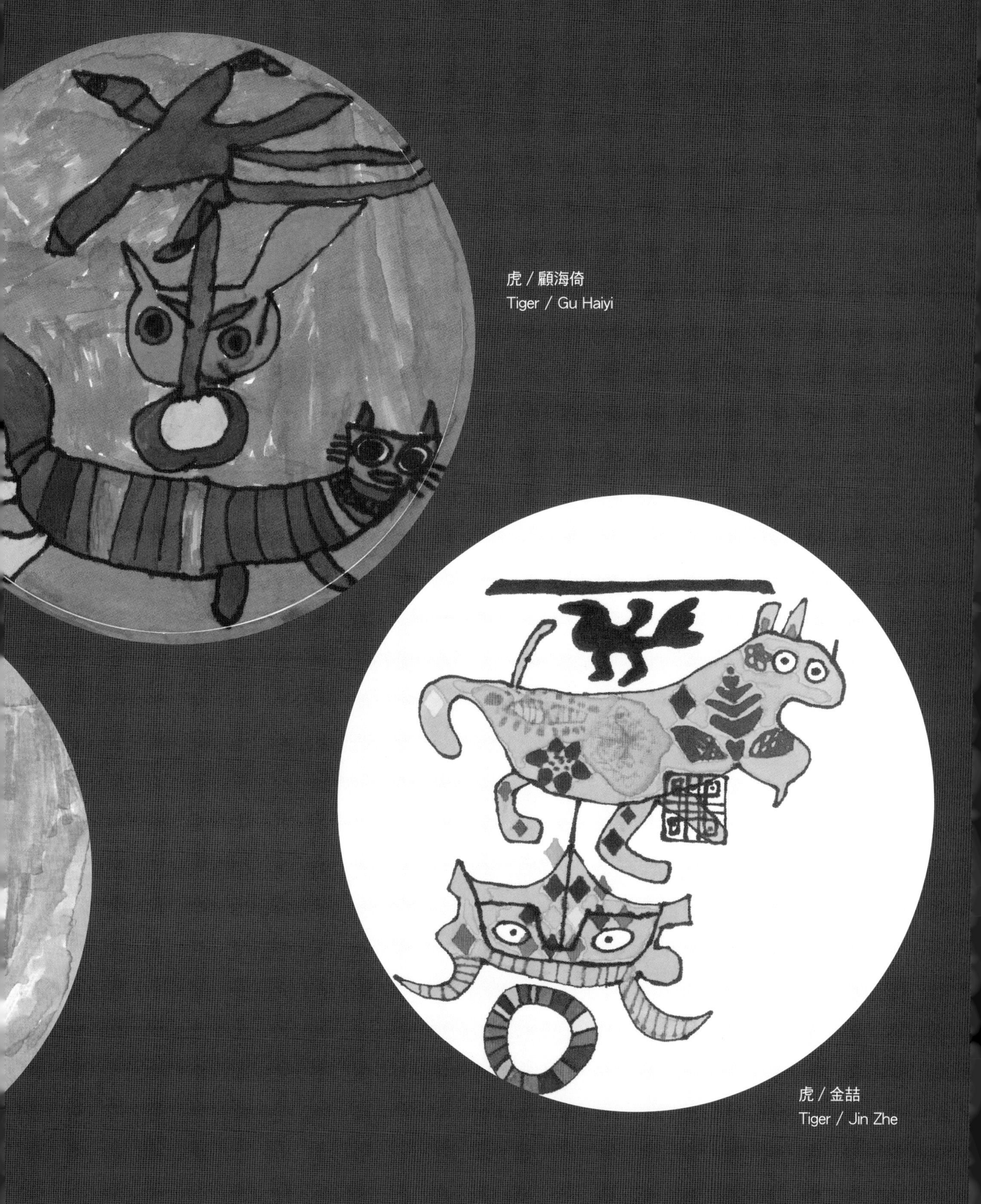

虎／顧海倚
Tiger / Gu Haiyi

虎／金喆
Tiger / Jin Zhe

天地玄黃宇宙洪荒／漢拓
Boundless and Primordial Cosmos / Han rubbing

色彩繽紛的神獸／張淑琴
Colourful Mythical Creatures / Zhang Shuqin

虎 / 吳博晨
Tiger / Wu Bochen

虎 / 項　尚
Tiger / Xiang Shang

虎／黃太陽
Tiger / Huang Taiyang

浙江大學外國語學院語言認知和發展實驗室教授
博士生導師

周　鵬 / Zhou Peng

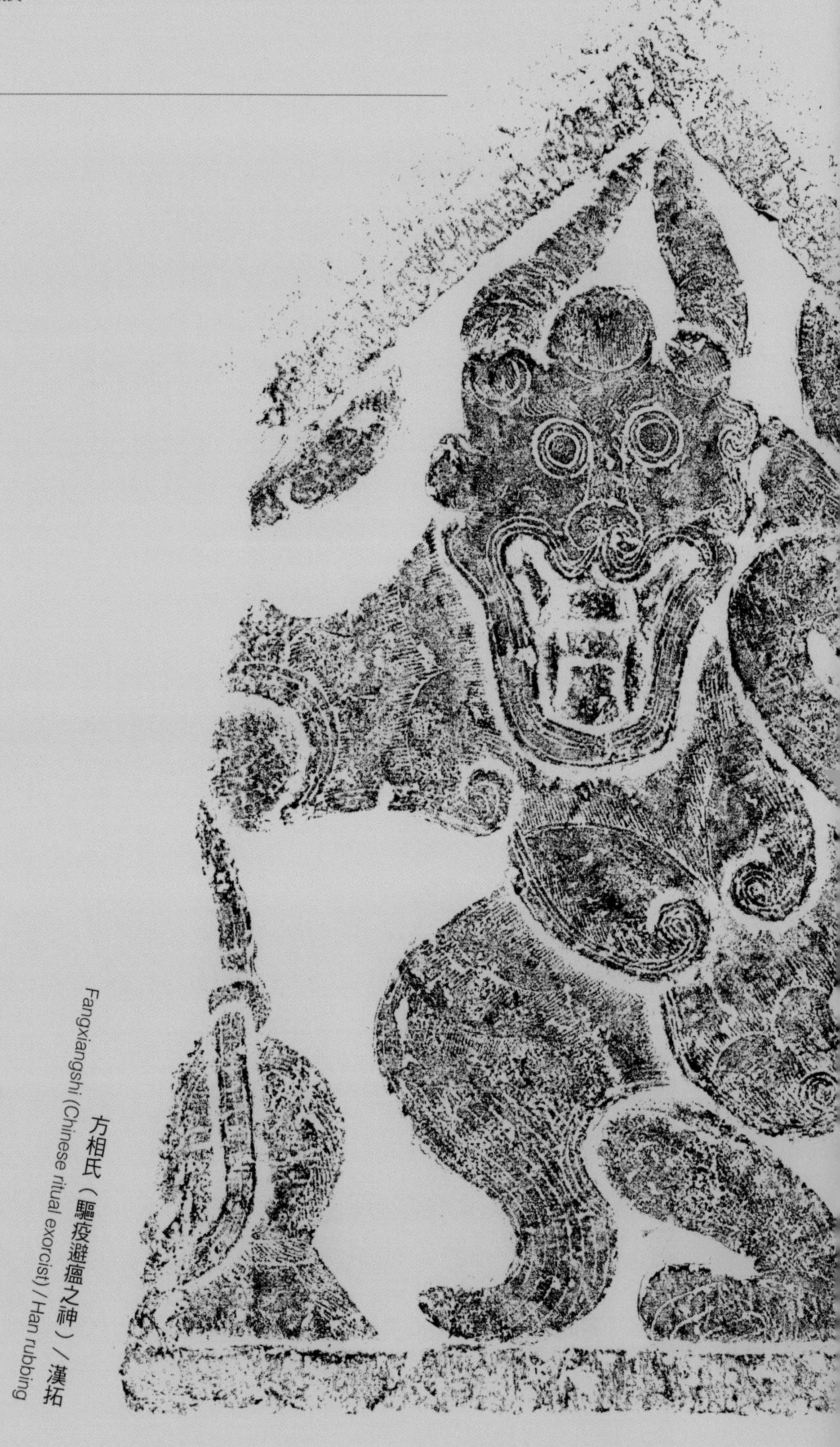

方相氏（驅疫避瘟之神）/ 漢拓
Fangxiangshi (Chinese ritual exorcist) / Han rubbing

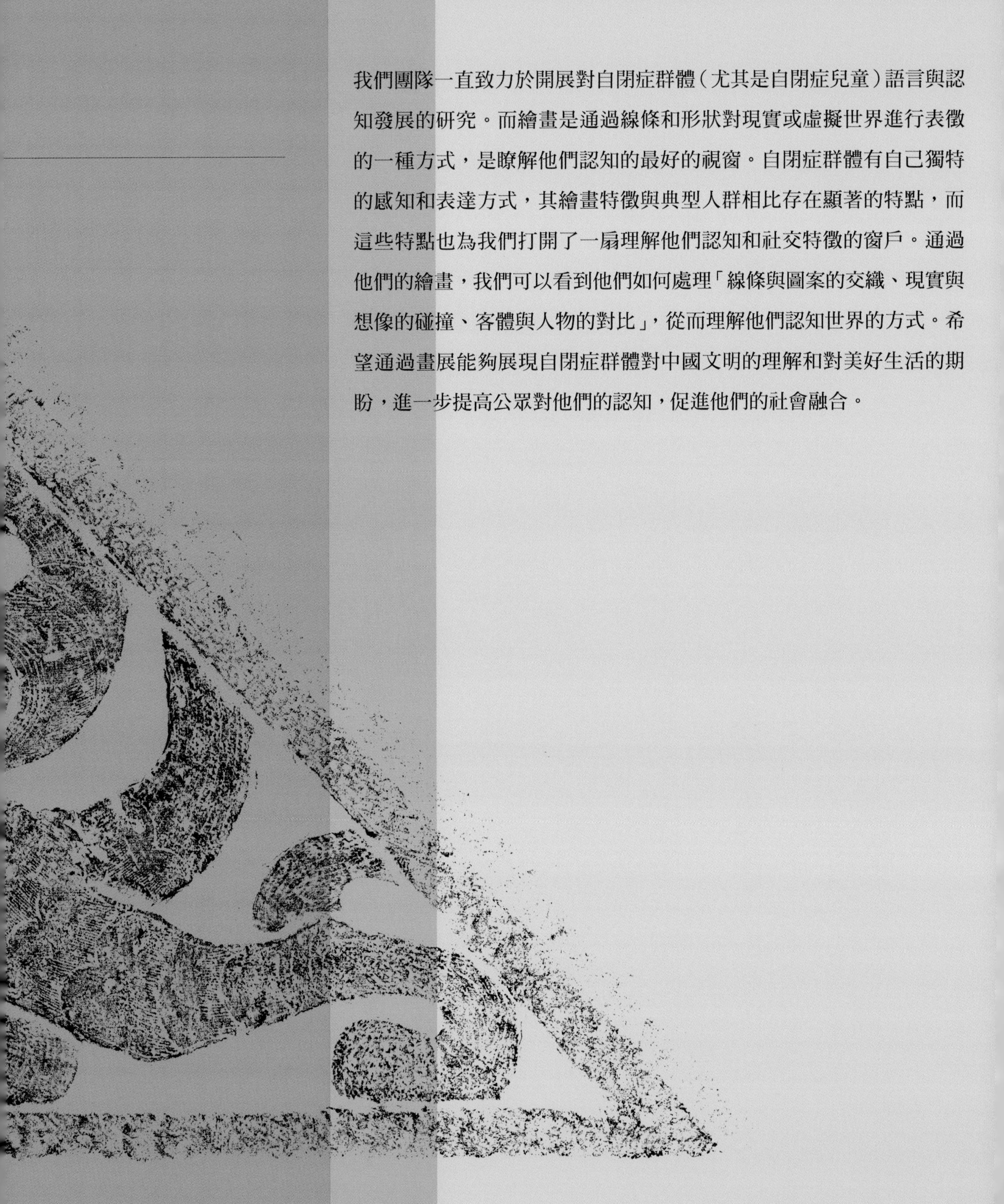

我們團隊一直致力於開展對自閉症群體（尤其是自閉症兒童）語言與認知發展的研究。而繪畫是通過線條和形狀對現實或虛擬世界進行表徵的一種方式，是瞭解他們認知的最好的視窗。自閉症群體有自己獨特的感知和表達方式，其繪畫特徵與典型人群相比存在顯著的特點，而這些特點也為我們打開了一扇理解他們認知和社交特徵的窗戶。通過他們的繪畫，我們可以看到他們如何處理「線條與圖案的交織、現實與想像的碰撞、客體與人物的對比」，從而理解他們認知世界的方式。希望通過畫展能夠展現自閉症群體對中國文明的理解和對美好生活的期盼，進一步提高公眾對他們的認知，促進他們的社會融合。

愛吃魚的西王母 / 漢拓

The Queen Mother of the West with a Fondness for Fish / Han rubbing

東王公和西王母 / 漢畫像磚
King Father of the East and Queen Mother of the West / Han stone relief carving

東王公和西王母 / 陳致鑒
King Father of the East and Queen Mother of the West / Chen Zhijian

武士 / 漢拓
Warrior / Han rubbing

老師說不能打架 / 張淑琴
Teacher's Rule: No Fighting Allowed / Zhang Shuqin

漢朝的門神／漢拓

The Han Guardian Deity / Han rubbing

背着糖葫蘆的門神／葉晨浩

The Guardian Deity Carrying a Sugar-Coated Hawthorn Stick / Ye Chenhao

下馬休息／漢拓

Dismount and Rest / Han rubbing

幸福樹 / 張淑琴
The Blissful Tree / Zhang Shuqin

對對鳥 / 張宜凌
Lovebirds / Zhang Yiling

對對龍 / 張宜凌
LoveDragons / Zhang Yiling

雜耍／漢拓
Juggling / Han rubbing

漢朝的紅綠燈 / 張宜凌
Traffic Lights in the Han Dynasty / Zhang Yiling

傲嬌了千年的小鳥 / 張淑琴
The Millennia Capricious Bird / Zhang Shuqin

被漢朝曬黑臉的農民伯伯 / 葉晨浩
A Tanned Farmer from the Han Dynasty / Ye Chenhao

和諧一家 / 張淑琴
A Harmonious Family / Zhang Shuqin

Chapter 4

第五章

重返克孜爾千佛洞

Returning to Kizil Caves

克孜爾千佛洞

KIZIL CAVES

坐落在塔克拉瑪干大沙漠北緣的庫車縣西部，以其一萬幅優美絕倫的壁畫名震八方。

石窟開鑿於公元3世紀，在公元8至9世紀逐漸停建。我國現存的所有石窟之中，是第一座位置最西、開鑿時間最早、延續時間最長的大型石窟。

縱觀千佛洞壁畫，既有漢文化的影響，也有對外來文化藝術的巧妙接受，更多的還是古龜茲畫師非凡的智慧。

他們用粗獷有力的線條，一筆勾劃出雄健壯實的骨骼，用赭紅的色彩，突出豐滿圓潤的肌膚。

有專家曾說：「克孜爾千佛洞的『、飛天』，同背上生着翅膀的古代歐洲的『飛神』——安琪兒相比，在藝術上更顯成熟和浪漫。」

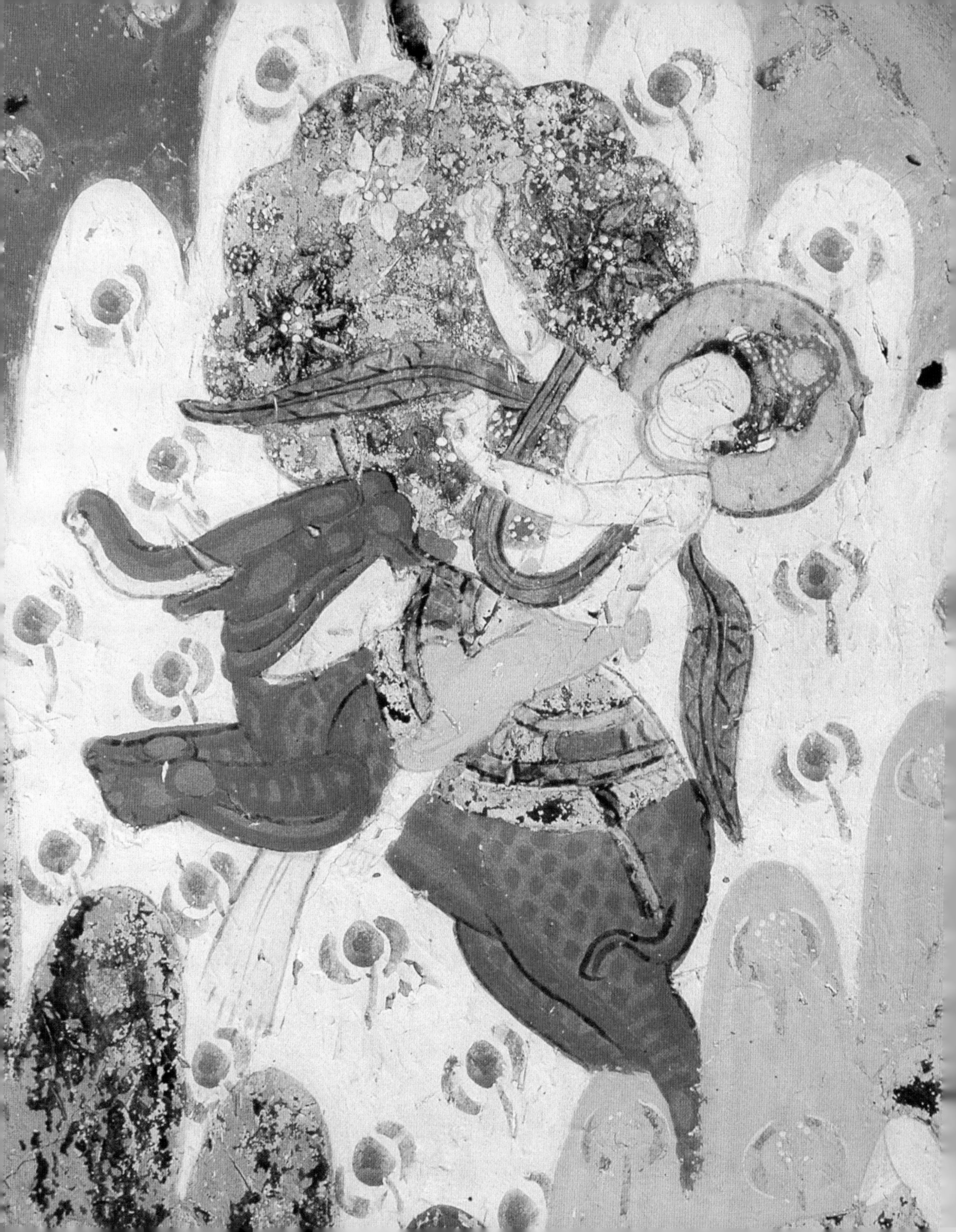

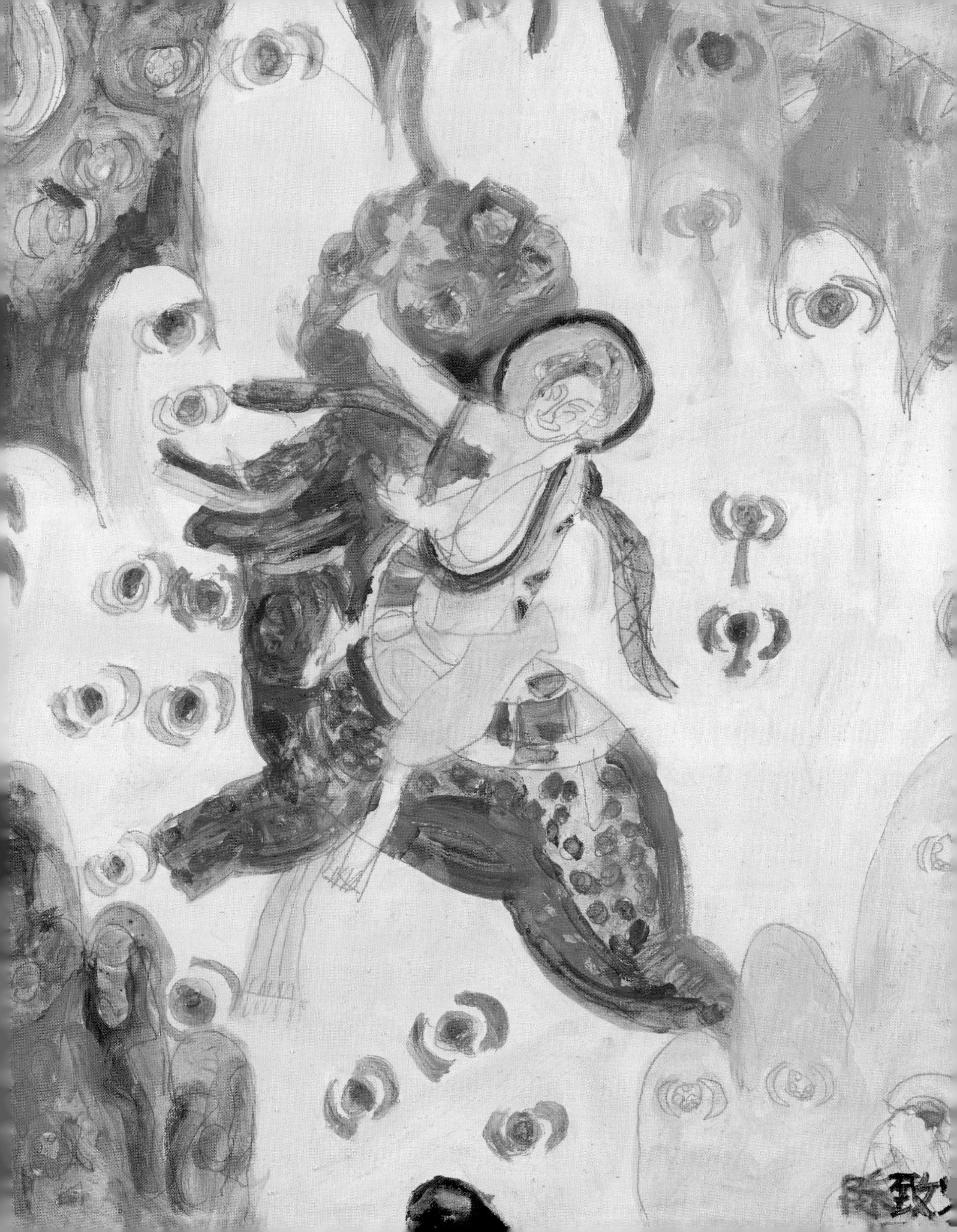

一萬個太陽公益創作院公益教師
杭州市楊綾子學校美術老師

吳通敢 / Wu Tonggan

最近，社團同學參與了新疆克孜爾石窟壁畫的再創作。壁畫內容主要以人物為主，而人物無疑是最難表現的，我們得克服這個困難的問題。

以陳致鑒同學為例，最初挑選參考作品的時候，也有一些畏難情緒。我一邊分析素材，一邊鼓勵同學說你可以的。同學就有了信心，愉快地接受了這個比較困難的繪畫題材。

同學們的能力，有時候真的會被低估。沒有阻力，非常順利的開始起稿。構圖可以提點要求，物件的大小和位置讓孩子們自己簡單比劃一下，然後就可以大膽的放手讓孩子們創作了。

這裏特別要注意我們的控制欲望，要允許孩子們的作品呈現和我們想像的不一樣。往往孩子們的作品在形和色的呈現上會更加的強烈，更有藝術的表達，這是非常難得的。而過多的干預，孩子們會變得不夠自信，不敢大膽的下筆創作。

在細節的表現上，同學們會對自己感興趣的色塊和形狀無意識的誇張和強調，往往有意想不到的驚喜。

回到克孜爾系列 / 陳致鑒
Returning to Kizil series / Chen Zhijian

克孜爾壁畫

Kizil mural

克孜爾壁畫
Kizil mural

克孜爾壁畫
Kizil mural

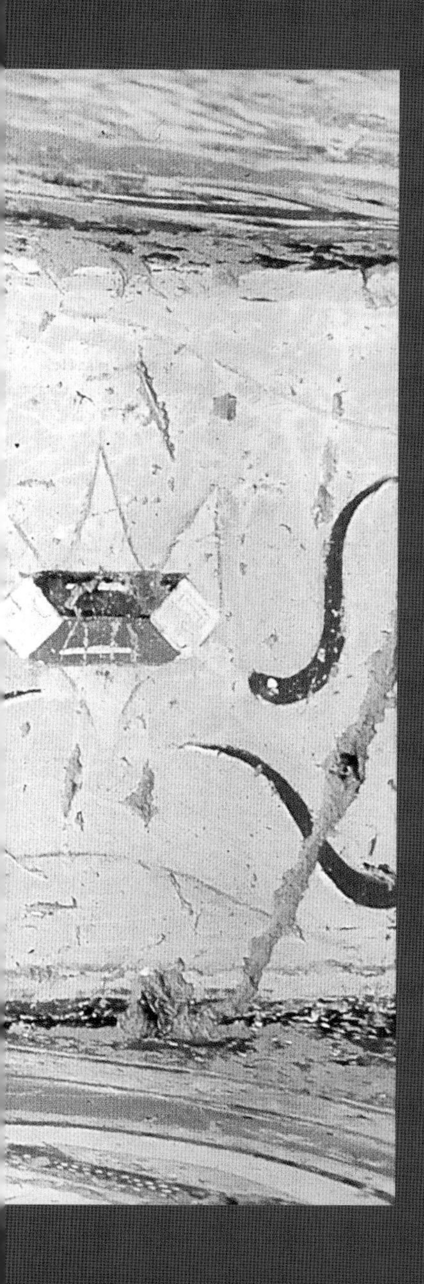

回到克孜爾系列 / 陳致鑒
Returning to Kizil series / Chen Zhijian

回到克孜爾系列 / 陳致鑒
Returning to Kizil series / Chen Zhijian

回到克孜爾系列 / 陳致鑒
Returning to Kizil series / Chen Zhijian

回到克孜爾系列 / 陳致鑒
Returning to Kizil series / Chen Zhijian

一萬個太陽公益公益創院公益導師
iNXX 創辦人

SAM

看見這些畫，我看見了神性的光芒。

作畫現場圍觀的 iNXX 設計師

莫尼卡

天才就在眼前！

一萬個太陽公益創作院公益顧問
餓了麼本地生活總裁

方永新 / Fang Yongxin

2019 年我在釘釘做教育，我認為教育就是最大的公益，有機會參與教育工作是最大的福報。

這期間我認識了陸一飛老師，讓我瞭解了一萬個太陽的初心。我在公司也二十多年了，阿里巴巴提倡人人公益才是公益的理念。通過人人公益三小時的標準和平臺，很多同學都積極參與感受到了不一樣。我深知做好公益比辦好一家公司難多了，但我看到陸老師做公益有獨特的地方，他從藝術和心性的角度切入，直接「拉」着這群天才孩子們「回到漢朝」，並且「向東方看」……

從一萬個太陽到人人都是太陽的昇華，收穫最大的反而是參與活動的公益小天使，2022 年是虎年也是種福年，希望有更多的大太陽來點亮更多的小太陽，光芒萬丈！

回到克孜爾融合作品之一

Returning to Kizil' fusion works, no. 1

回到克孜爾融合作品之二

Returning to Kizil' fusion works, no. 2

回到克孜爾融合作品之三

Returning to Kizil' fusion works, no. 3

回到克孜爾融合作品之四
Returning to Kizil' fusion works, no. 4

克孜爾壁畫
Kizil mural

張淑琴 / Zhang Shuqin

陳致鑒 / Chen Zhijian

陳致鑒 / Chen Zhijian

張淑琴
Zhang Shuqin

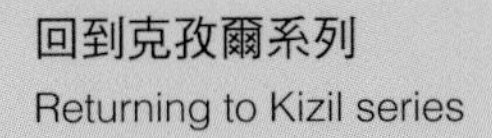

回到克孜爾系列
Returning to Kizil series

楊晴 / Yang Qing

這本畫冊還有一個作用，就是激發大家的想像力。不僅僅是激發設計師、藝術家，還要激發普通人。讓他們看到，我們有比日本宮崎駿更吸引人的寶藏。

朱克偉 / Zhu Kewei

朱克偉 / Zhu Kewei

張淑琴
Zhang Shuqin

張淑琴
Zhang Shuqin

Chapter 6

第六章

寫意敦煌

Enchanting Dunhuang

敦煌莫高窟

THE MOGAO CAVES AT DUNHUANG

位於中國甘肅省敦煌市東南方向的鳴沙山與三危山之間，為敦煌石窟藝術的重要組成部分之一，由樂尊和尚創建於前秦建元二年（公元 366 年），歷經一千六百多年繪製形成現今規模。

敦煌莫高窟壁畫描繪了古代各民族，各階級生產勞動場面，社會生活場景，建築造型以及音樂，舞蹈的道存畫面。

敦煌莫高窟壁畫是十六國至明清等十多個朝代，及東西方文化交流的稀有文化寶藏；其規模之宏大，內容之豐富，歷史之悠久，位列中國石窟之冠，也是世界上現存規模最大、保存最完好的石窟藝術寶庫。

敦煌壁畫
Dunhuang mural

敦煌系列 / 黃太陽
Dunhuang series / Huang Taiyang

敦煌壁畫
Dunhuang mural

敦煌系列 / 黃太陽
Dunhuang series / Huang Taiyang

敦煌壁畫
Dunhuang mural

敦煌系列 / 黃太陽
Dunhuang series / Huang Taiyang

敦煌壁畫
Dunhuang mural

敦煌系列 / 黃太陽
Dunhuang series / Huang Taiyang

黄太阳
2019

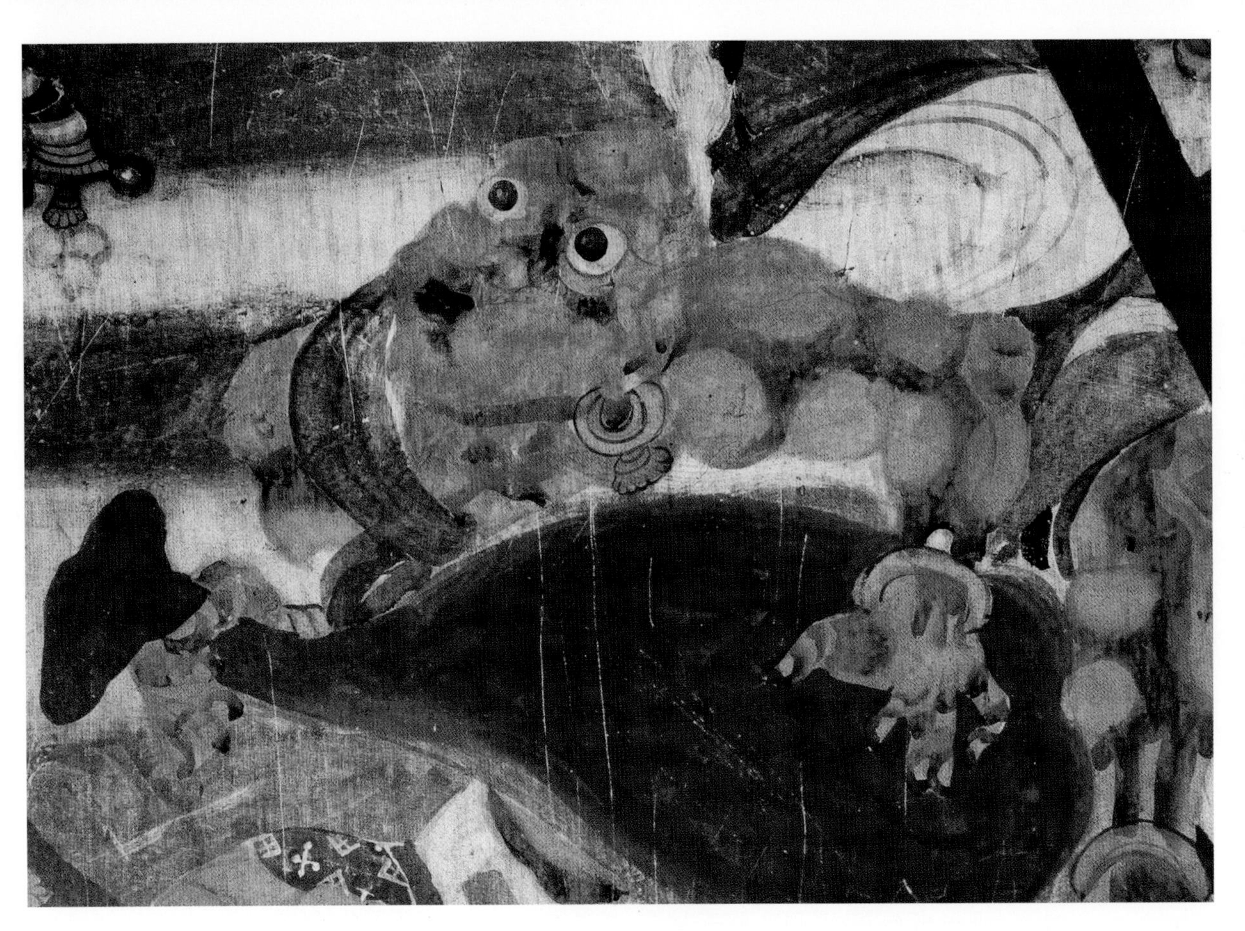

敦煌壁畫

Dunhuang mural

敦煌系列／陳致鑒
Dunhuang series / Chen Zhijian

中國式的文藝復興

CHINESE-STYLE RENAISSANCE

陸一飛 / Lu Yifei

敦煌系列 / 黃太陽
Dunhuang series / Huang Taiyang

敦煌的原意是盛大。

2019 年 4 月，當我第一次來到敦煌，莫高窟、千佛洞、玉門關、漢長城……

「大漠孤煙直，長河落日圓 」，漢唐詩中的景象回到了眼前。

雄渾、磊落、自由、軒昂…… 這樣的盛大震撼到了我的內心，這種氣象，不正是漢民族的華夏正音嗎？

兩千年前的漢朝，這裏曾經是世界的十字路口，是東西方文明互相輸送的紐帶。 遠去的敦煌，留下了敦煌藝術，留下了敦煌藝術這門世界語。

細細閱讀敦煌壁畫，可以分成二脈，一脈是活潑、生動的「寫意敦煌」，一脈是以張大千為代表的「標準式敦煌 」。一脈是心性藝術的源頭，一脈是寫實的延續，中國繪畫的兩條主線，在這裏都找到了源頭。

今天，杭州的自閉症學生用大寫意的畫筆向這個世界傾訴他們的心聲。

因為無拘無束，因為心靈的自由，因為內藏心底的美還在生生不息。

於是，在敦煌畫院和各界助力之下，《回到敦煌》大型公益畫展開始了，我們的努力，是通過這個展和他的延續伸發，讓心性藝術這條文化正脈回到源頭。

我們期待中國式的文藝復興。

九色鹿的故事／敦煌畫院作品　A story of a Deer of Nine Colours / an artwork from Dunhuang Art

九色鹿／謝正巖　A Deer of Nine Colours / Xie Zhengyan

九色鹿 / 王燕萍
A Deer of Nine Colours / Wang Yanping

中國建設銀行浙江省分行黨委書記、行長

浙江省藝術助殘公益大使

邵　斌 / Shao Bin

敦煌系列 / 陳科羽
Dunhuang series / Chen Keyu

古老燦爛的中華文明，純真爛漫的孩童世界，通過一幅幅畫作連接，彷彿是一場跨越古今的心靈對話。這些畫作主要創作者——自閉症孩子們，也被更多地看見和欣賞。越來越多向上向善的力量匯聚在一起，讓社會的每一個個體都得到更好的發展。建設銀行願融合多方力量，構建開放共享、「金融＋藝術＋慈善」的公益新生態，為更多的自閉症孩子建造更加友善的社會環境。

敦煌畫院院長

宋　靈 / Song Ling

敦煌壁畫
Dunhuang mural

看到孩子們的畫作有點激動，從孩子身上看到了心性藝術的本源！也讓我們藝術工作者深刻思考，真善美的心性是我們創作和對未來充滿希望的陽光！

敦煌壁畫
Dunhuang mural

敦煌壁畫
Dunhuang mural

敦煌系列 / 張淑琴
Dunhuang series / Zhang Shuqin

敦煌系列 / 鄭子航
Dunhuang series / Zheng Zihang

敦煌系列 / 鄭子航
Dunhuang series / Zheng Zihang

敦煌系列／陳致鑒
Dunhuang series / Chen Zhijian

敦煌系列／黃太陽
Dunhuang series / Huang Taiyang

敦煌壁畫
Dunhuang mural

回到敦煌

RETURNING TO DUNHUANG

陸一飛 / Lu Yifei

敦煌壁畫

Dunhuang mural

每個時代都存在兩股力量：

一股始終向前奔跑，力爭跑在最前端；

一股會向後走，試圖找到原點。

而終究，是這兩股交織的力量，推動着人類文明的前行。

在杭州，有這樣一羣特殊的孩子，雖然，他們與社會溝通交流存在一定障礙，但並不意味着他們內心世界的荒蕪。

他們通過畫畫，來描述他們五彩斑斕的精神家園。

這些畫作，或色彩瑰麗，或神秘莫測，或萌趣動人，無一不是孩子們的「心語」。

神秘的敦煌，是喚醒孩子們內心世界的源泉和寶庫。

在他們的純淨視界中，敦煌會是如何？

這些閃閃發光的中華文明光輝，映射在孩子們心中，又該是怎樣的一個世界？

在壯美的鳴沙山邊，孩子們與遠古、與天地、與自己，又會有怎樣一番對「畫」？

回到敦煌。

回到心源。

今天，就從《回到敦煌》這場畫展開始吧。

Chapter 7

第七章

夢回唐代盛世

Dreaming Back
to the Flourishing Tang
Dynasty

唐帛畫

Tang Silk Painting

唐朝（公元 618 至 907 年）是中國歷史上的一個重要朝代，國祚 289 年。唐朝全盛時在文化、政治、經濟、外交等方面都達到了很高的成就。唐朝的絲織品廣泛沿用北朝的蠟纈法染色，並先後研發出夾纈、絞纈兩種新染色法。文化兼容並蓄，曾經受到胡風的影響，也接納各個民族文化與宗教，進行交流融合，成為了開放的國際文化。

1963 年的新疆阿斯塔那發現一幅《伏羲女媧圖》，大約是在公元 618 至 907 年間，由唐代的一位不知名的畫家所作。描繪了中國最古老的神話人物之一，伏羲和女媧，他們是人類的始祖，也是文明的創造者。以人首蛇身的姿態相互纏繞，象徵陰陽和諧與生命繁衍。

這幅《伏羲女媧交媾圖》比亞當夏娃的傳説，更加形象地呈現了人類的遺傳形式，被記錄了下來。因此，這幅圖一出土就引起了國際的重視。與此同時，國際上又發現了與這幅圖相類似的圖案或者壁畫，而它們皆是來自於古印度、古巴比倫。

伏羲女媧交媾圖／唐代
Painting of Fuxi and Nuwa / Tang Dynasty

伏羲女媧像 / 陳致鑒

Painting of Fuxi and Nuwa / Chen Zhijian

2023. 11. 19.

Chapter 8

第八章

觸摸故宮國寶

Engaging with National Treasures at the Palace Museum

五牛圖局部 / 故宮藏品
Partial view of 'Five Oxen' / collection of the Palace Museum

故宮又稱紫禁城，是中國明清兩朝二十四位皇帝的皇宮。故宮是世界上現存規模最大、保存最為完整的木質結構古建築群之一，1961 年被列為第一批全國重點文物保護單位，1987 年被列為世界文化遺產。

故宮博物院是位於中國北京紫禁城內的博物館。藏品主要以明、清兩代皇宮及其收藏為基礎。以明清宮廷文物類藏品、古建類藏品、圖書類藏品為主。藏品總分 25 種大類別，其中一級藏品 8000 餘件，堪稱藝術的寶庫。

香港故宮文化博物館展示 900 多件來自故宮博物院的珍貴文物，弘揚中華優秀傳統文化。

THE PALACE MUSEUM

故宮

五牛圖 / 故宮藏品
Five Oxen / Collection of the Palace Museum

五牛圖 / 陳致鑒
Five Oxen / Chen Zhijian

五牛图
陈.致坚
2024.5.6.

五牛图

陈致
2024.5.6

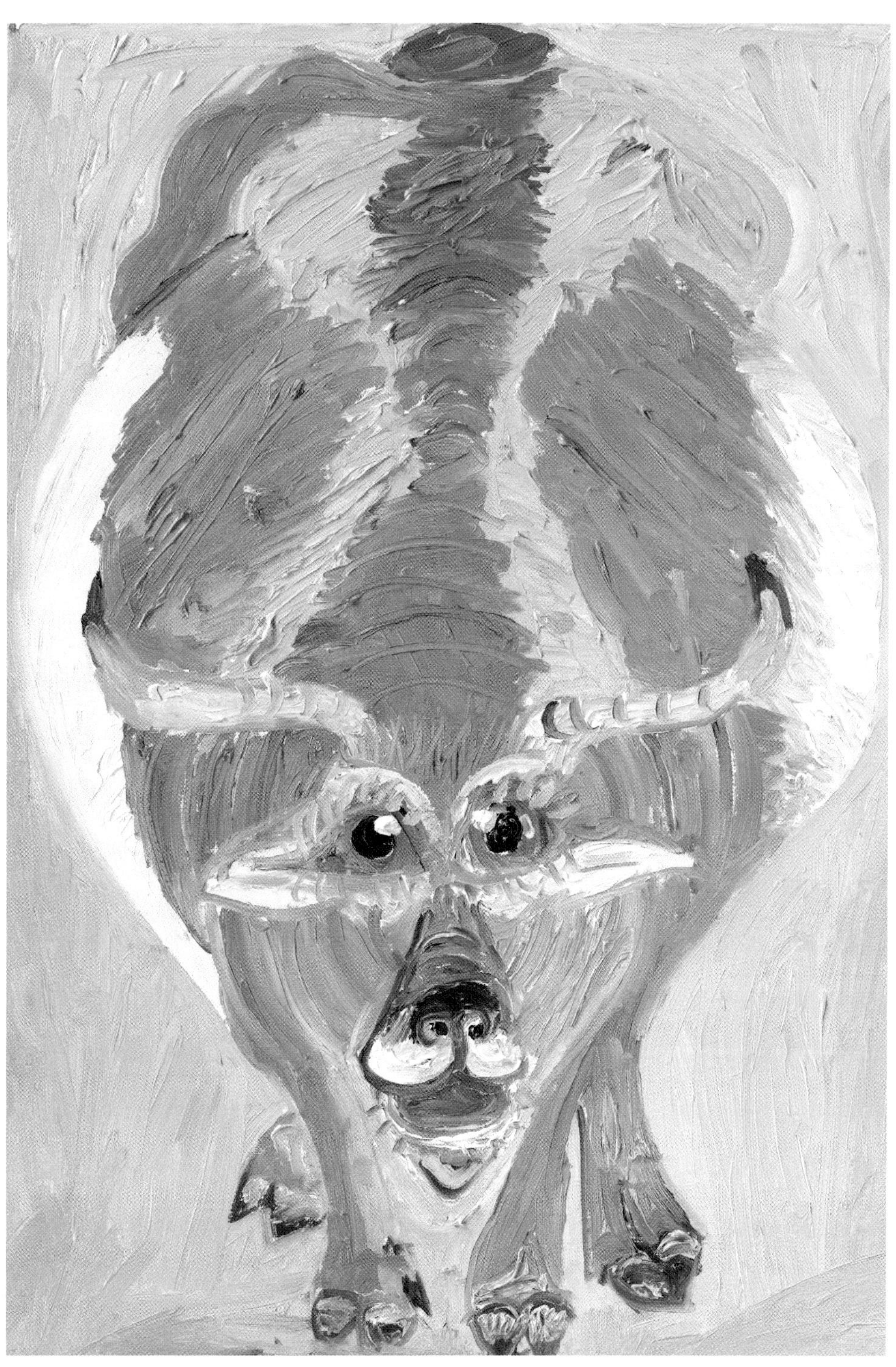

五牛圖 / 陳致鑒
Five Oxen / Chen Zhijian

定窑白釉孩兒枕 / 故宮藏品

Pillow in the shape of a recumbent child in white glaze / Collection of the Palace Museum

定窑孩兒枕 / 陳致鑒

Pillow in the shape of a recumbent child / Chen Zhijian

2024.5.12.

洛神賦圖（局部）/ 故宮藏品

Nymph of the Luo River (detail) / Collection of the Palace Museum

洛神賦圖 / 張淑琴

Nymph of the Luo River / Zhang Shuqin

發現太陽

THE RADIANT PATHS：
UNVEILING TAIYANG

陸一飛 / Lu Yifei

天才是有的。

2019 年 4 月 2 日，杭州楊綾子學校舉辦杭州市第五屆自閉症學生畫展。

在畫展上，我第一次見到黃太陽的畫和黃太陽。

那天的畫展，都是這個學校的星兒們的作品，看慣了各種大同小異的孩童繪畫，開幕活動前的觀展，起初我確實漫不經心。

在學校的智慧樹藝廊，一個叫「黃太陽 」的孩子的作品卻讓我大吃一驚，「壁畫系列 」一、「壁畫系列 」二、「壁畫系列 」三、「校長 」、「副校長 」……樸實、厚重中，大處落筆，筆觸了了分明，色彩斑斕古麗，大開大合中磊磊落落，那麼果斷，甚至斬釘截鐵，細節轉換處又交代得清清楚楚，沒有一點含糊。

怦然心動，這些有強大穿透力的作品，成熟中生澀，生澀中成熟，這麼動人，這麼迷人。

第一次見到這些作品，便令我駐足不前……

黃太陽 19 歲，是這個特殊學校高二的學生。

大家常常說：關上了一扇門，又會為他打開另一扇門。

畫畫便是這位星兒的另外一個世界。

油畫是外來畫種，近代以來我國對油畫的學習出現過兩股熱潮，一是民國初年前輩大師們去歐洲學習取回了真經，另一次是四九年後大批學院畫家派往蘇聯學習油畫，技術上無以復加地完善，卻鮮有明顯的自我語彙和風格。近年來，或中規中矩，抱一守一；或為取媚市場，磨筆頭，越畫越光鮮，越畫越沒脾氣；或者為當代而當代，荒誕怪異，不知所云。

這幾乎是中國油畫的現狀。

而看到太陽的作品，技術上出乎尋常地完備，卻又生機勃勃，了無程式，張張有出其不意的感覺，渾混中的清明，又充滿了溫暖的力量。

這是一股溫暖到可以穿透人心的力量。

那天的畫展間隙，看到孩子們在臨席畫畫，於是，我第一次看到太陽和他畫畫的樣子。

憨憨大大的個子，常常微笑，卻笑得很豐富，眼神帶着調皮，拿起油畫筆，想也不想，就這麼逕自畫下去，相應了他的畫：果斷、不思索、直接。

驚奇一直圍繞着我，在這位「自閉症少年 」的筆下（我真不忍心稱他為「自閉症少年」)，分明已經出現了「大師氣象」。

無意中，碰到他媽媽葉子，在智慧樹茶廊裏，我們聊着天。

於是，知道了黃太陽的身世，他父親是中國美院油畫系畢業的，母親也是一位油畫家，藝術世家的薰陶讓他裏裏外外成了一顆藝術的種子。

第二天，我去了敦煌，天風浪浪，雲山蒼蒼。

在敦煌畫院作客，我想到了讓太陽、讓楊綾子的孩子們來敦煌辦畫展，來敦煌走走，呼吸一下亙古未變的大漢氣象……

那種同源同種的偉岸。

於是，撥通了吳薇老師的電話。

……

4個月後，《黃太陽畫展》在敦煌畫院開展了，和圓霖大師的禪畫一起，那股一樣的雄渾和磊落從敦煌傳出，千里萬里。

8月14日，太陽和大家一起來到了敦煌，走進了莫高窟。

這也是我第二次見到黃太陽。

不怎麼出過遠門的他，到敦煌的當天就嚷着要回去，然而，第二天，他發現來自不同領域的他認識的和不認識的所有人，都是同樣善良地對待他時，一下子變得自由、開心、活潑。

太陽主動和大家親近了。

吃飯時太陽把好吃的菜夾到我的盤子裏，並一定要看着我吃完……

太陽每天開心，每天對人笑，看到喜歡的人，會抱一抱，並且一定要在臉上親一下。

敦煌畫院的宋院長那天被太陽親了一下臉，分享會上好激動好激動說：好親切，好敦煌之行，媽媽、老師都說，太陽變得開心了。

心是一扇門，關鍵在「開」和「閉」一念之間，心又是一扇眾善之門，大家的「良善」的力量足以打開這一切。

回到杭州後，就再也沒有見過太陽，卻陸陸續續看到葉子發來太陽的新作「敦煌系列」。

我明顯地感覺到畫面變得更大膽更深入，色彩是他內心世界外化的語言，這時候，畫透亮了起來，他的心在變。

接觸過他就知道太陽的心有多敏銳。

在敦煌的一個傍晚，我們幾個人在街市上走着，準備去吃晚飯，一輛車經過身邊，只有太陽喊了起來……

車上居然是本該在雅丹的同伴們，他們半途折回了敦煌，無意中經過我們身邊，剎那的交會，雙方誰也沒有發現對方，只有太陽瞬間叫喚了起來。

所以我相信，他不怎麼能表達的語言下，掩着一顆無比清亮敏銳的心。

他的這種特殊的心智能力，就如一根超強的天線，直接地捕捉到天地至美，又直接地可以用油畫筆如實地表達出來。

對着千古的敦煌壁畫原作，太陽微笑着，看着看着，手不停地在舞動着，這個時候，敦煌和太陽同頻了……

人人都是一顆太陽，點燃自己，照亮他人。

放大自己的心量，捧起一顆「善」的心去面對這個世界，面對所有人，我相信，這個世界不會只有一顆「太陽」。

當寒夜的星星都變成光與熱的太陽時，人間多好。

喜歡黃太陽畫的畫。

更喜歡更多的孩子像黃太陽一樣自由的畫畫。

欣賞致鑒

A WORLD OF COLOURS: APPRECIATING ZHIJIAN'S ARTISTIC KINGDOM

陳致鑒的媽媽 / Chen Zhijian's mother

棟棟（陳致鑒小名）平時內向不善於人交往，但只要拿起畫筆鋪開畫紙：藍天白雲，高山流水，飛鳥遊魚，神俠精靈就仿佛進入一個屬於他的絢麗多彩的童話王國，用色彩和線條放飛自我，遨遊世界。

起初學畫只想讓孩子自娛自樂。在老師們的培養下，隨着兒子的進步，我也在

棟棟畫筆下的美麗世界中，發現藝術不只是在殿堂，也在尋常人家。只要用心，美好無處不在。

他在紅黃青藍紫，乾濕濃淡中表達愛意，用不講常理的自說自畫取悅自己，同時也感染着身邊的人。

漸漸地我也從一個旁觀者變成了欣賞者。

在棟棟天真質樸的畫面中，走進了一個沒有朝九晚五，忘了柴米油鹽的精神樂園，感受兒子成長快樂的同時也讓自己心靈昇華，欣賞和分享這份美妙成了我生命中最大的樂趣。

作為母親我對孩子沒有過高的要求，不指望他對家庭和社會有多大的貢獻，只希望他在自己的藝術王國中健康快樂地成長，愉悅自己的同時並把這份美好帶給大家，感恩這一路上遇見的所有老師和關愛他們的人！

一萬個太陽之路

THE PATH OF 'TEN THOUSAND SUNS'

做自心的主人、做審美的君王、做公益的太陽。

「一萬個太陽」藝術＋公益「心性藝術工程」，以藝術和審美創作的獨特視角，秉承原創思想，凝聚社會力量，開展「一萬個太陽」系列公益畫展、「藝術無障礙」大型公益畫展、心性藝術主題性研究和出版、「一萬個太陽」心性藝術公益課堂、「文明的心光」文明探源，攜手良渚博物院共同開啟「文明之光」計畫，和浙江省教育廳、中國建設銀行浙江省分行共同成立浙江、阿克蘇「一萬個太陽」公益藝術教育專項基金。

建立一萬個太陽公益聯盟、一萬個太陽公益創作院、一萬個太陽美育研究院、漢畫研究院、宋畫研究院、藝術與當代研究所、原創設計師聯盟等公益資源團體、建立「一萬個太陽」大型公益圖庫、出版心性藝術系列文庫。統籌浙江省殘障人士藝術展評及雙年展持續進行。

開啟各類公益活動上百場次，其中，「一萬個太陽自閉症學生畫展」是目前全中國最大、最專業的自閉症藝術推廣項目，受到社會各界的廣泛關注和助力。

目前已經有「回到敦煌」「漢朝的二次元・漢畫的世界」「沖霄漢」「魯迅與漢畫」「山海經・這裏有神仙」「良渚・文明之光的折射」等「文明的心光」系列展事，並舉辦「好久不見」「心安江上」等紫砂大寫意當代應用系列展，與 INXX 聯名在洛杉磯舉辦「未來茶室」國際潮流藝術展、「從漢朝來」漢畫主題系列展及當代應用，和魯迅文化基金會聯合主辦「魯迅與漢畫」學術課題及巡展。2024 年，與杭州圖書館聯合主辦「逍遙遊」融合藝術展、與浙江大學考古與藝術博物館聯辦「文明的心光自閉症學生畫展」、與浙江圖書館聯辦「越來越好——浙江省殘障人士藝術作品展」、「茶和天下」茶文化全國巡展、「九龍出山」對口支援大型公益活動等。

文化之路、公益之路、心性之路……

人心做太陽，我們在一起，一定會越來越好。

出 版 人：毛永波
責任編輯：林雪伶
裝幀設計：郭梓琪
翻　　譯：官俊軒
印　　務：龍寶祺

文明的心光——一萬個太陽畫集

主　　編：陸一飛
出　　版：商務印書館（香港）有限公司
　　　　　香港筲箕灣耀興道 3 號東滙廣場 8 樓
　　　　　http://www.commercialpress.com.hk
發　　行：香港聯合書刊物流有限公司
　　　　　香港新界大埔汀麗路 36 號中華商務印刷大廈 3 字樓
印　　刷：寶華數碼印刷有限公司
　　　　　香港柴灣吉勝街勝景工業大廈 4 樓 A 室
版　　次：2024 年 7 月第 1 版第 1 次印刷

　　　　　ISBN 978 962 07 6758 6
　　　　　Printed in Hong Kong

鳴　　謝
本書畫作均為自閉症學生創作
本書由拔萃慈善基金會贊助出版

Publishing Director: Mao Yongbo
Executive Editor: Sheelagh Lam
Cover Designer: Guo Ziqi
Translator : Sunny Koon
Printing Officer: Kenneth Lung

The Starshine of Civilization: Paintings of Ten Thousand Suns

---

Chief Editor: Lu Yifei
Publisher: The Commercial Press (H.K.) Ltd
8/F, Eastern Central Plaza, 3 Yiu Hing Road, Shau Kei Wan, H.K.
Distributor: THE SUP Publishing Logistics (H.K.) Ltd.,
16/F, Tsuen Wan Industrial Building, 220-248 Texaco Road,
Tsuen Wan, NT, Hong Kong
Printer: Power Digital Printing Co., Ltd.
Room A, 4/F Shing King Ind Bldg, 45 Kut Shing Street,
Chai Wan, HK

First edition, First printing, July 2024
ISBN 978 962 07 6758 6
Printed in Hong Kong

Special thanks
All paintings are made by autistic students
Sponsored by BC Philanthropic Foundation

我 們 將 一 起 越 走 越 久 遠
We will journey together and go farther than ever